테니스에
반하다

테니스에 반하다

노란 공이 풀어내는 인생 스토리

초 판 1쇄 2025년 04월 16일

지은이 조원준
펴낸이 류종렬

펴낸곳 미다스북스
본부장 임종익
편집장 이다경, 김가영
디자인 윤가희, 임인영
책임진행 김요섭, 이예나, 안채원, 김은진, 장민주

등록 2001년 3월 21일 제2001-000040호
주소 서울시 마포구 양화로 133 서교타워 711호
전화 02) 322-7802~3
팩스 02) 6007-1845
블로그 http://blog.naver.com/midasbooks
전자주소 midasbooks@hanmail.net
페이스북 https://www.facebook.com/midasbooks425
인스타그램 https://www.instagram.com/midasbooks

ISBN 979-11-7355-190-1 03810

값 19,500원

미다스북스는 다음세대에게 필요한 지혜와 교양을 생각합니다.

테니스에 반하다

조원준

노란 공이 풀어내는 인생 스토리

미다스북스

책을 내면서

———

이 책은 필자가 36년 동안 동호인 테니스 활동을 하면서 느낀 바를 총 망라하여 수록한 것으로서 엘리트 테니스의 정통성 추구보다는 코트에서 테니스를 통한 자아 성찰과 일상과 테니스와의 연결, 테니스를 통해 누리는 즐거움과 필수적으로 갖춰야 할 상식과 기술 등 테니스 동호인들이 공감할 수 있는 테니스 생활의 전반적인 이야기입니다.

초보 시절에는 감히 생각하거나 언급조차 할 수 없는 부분인데 오랜 시간이 흘러서 점점 테니스를 알고 그 묘미를 느끼게 되어 테니스장에서 일어난 일들에 대하여 생각을 담다 보니 이제는 차분하게 관조(觀照)하는 입장이 되었습니다.

테니스라는 스포츠를 통해 발생하는 희로애락과 이를 통찰하고 게임 순간순간들의 긴장감은 일상에서 에너지가 됩니다. 뿐만 아니라 사람 사이의 배려와 예의를 함께 배우는, 테니스를 매개로 한 소소한 인문학 수업입니다.

그러므로 테니스에 관심 있는 독자들뿐 아니라, 테니스를 잘 모르는 분들께도 책을 통해서 사고(思考)의 영역을 넓힐 만한 내용이라고 생각합니다.

조원준

채
송
아
다

테니스 경기 속에서 전개되는 예측불허의 상황은 살아가는 인생과 비슷하다. 승패가 반복되는 동안에 깨우치게 되는 숱한 경험은 인생을 배우는 과정이기도 하다.

침묵과 환호의 시간이 주기적으로 반복하는 테니스 코트. 파트너와 함께 호흡을 맞추면서 정해진 공간과 선 안에서 네트를 사이에 두고 스트로크 랠리가 끊이지 않는다. 이것은 상대와 내가 느끼는 끝없는 희열이다. 이보다 즐거운 것은 이 세상에 없다.

승패를 겨루지만 이기는 것은 덧없다. 승패는 늘 반복되기 때문이다. 테니스 경기를 통해서 얻어지는 깨달음과 지혜는 참된 스승의 가르침과도 같다.

테니스가
삶이 된 순간

"테니스를 알기 위해서는 테니스의 상식과 사용하는 용어를
제대로 알아야 한다. 그것은 코트에서 소통을 원활하게 하는
테니스 언어이기 때문이다."

"군자무본 본립이도생(君子務本 本立而道生)
근본에 충실하면 근본이 서고 근본이 서면 도가 생긴다.
또한 근본을 알면 기본이 서고 기본이 서면 배움이 빨라진다."

"알면 보인다.
트렌드를 알면 유행이 보이듯이 볼의 흐름을 알면 포인트가 보인다."

"규칙은 정해진 이상 꼭 지켜야 한다."

"행동하지 않는 양심은 저 혼자만의 이기심이다."

"새로운 길로 가는 첫걸음은 어렵다.
하지만 자신감을 가지고 한 발 떼는 것이 성공을 위해 매우 중요하다."

테니스란

스포츠에서 어느 종목이든지 다 어렵지만 테니스처럼 어려운 운동이 또 있을까?

혹자는 이 세상에서 제일 어려운 운동이 골프라고 하면서 어려운 만큼 제일 재미있는 운동이라고 한다.

어느 분이 테니스를 하다가 어떤 연유로 인해 골프로 전향했다. 물론 그 후 테니스 라켓을 다시 잡지는 않았지만 두 운동을 해보니 역시 테니스가 제일 어렵고 최고로 즐겁다고 말했다.

주변에 테니스를 하지 않는 분들이 내가 운동하는 모습을 보면서 참 건강하고 멋져 보인다며 테니스를 배워본다고들 한다.

하지만 그들이 하는 말은 막연한 동경심과 그냥 하는 소리로 들린다. 나 스스로를 테니스 전도사라고 칭하지만 40대 중반의 나이라면 굳이 권하고 싶지는 않다.

첫 번째 이유로는 기본 기술은 몇 가지가 없다. 그렇지만 숙련 과정에서 장벽을 계속해서 넘어야 하고 더딘 성장으로 기술의 끝이 보이지가 않아서 무기력증이 생기기 때문이다.

두 번째는 기술은 별도로 하더라도 배우고 익혔던 샷이 안 될 때 자체적으로 생기는 무력감이다. 또 게임 중에 생기는 여러 가지 상황을 극복해야 하는 강한 멘털이 필요하다. 이 두 가지 과제를 극복해야 하기 때문이다.

그럼에도 불구하고 테니스에 입문하게 된다면 어려운 과정을 하나하나 헤쳐 나가면서 얻어지는 노력의 결실과 희열, 성취감을 맛볼 수 있다. 그러면 40대 이후라도 테니스 하기를 잘했다는 결론을 얻게 된다.

이처럼 테니스는 어려운 과정을 극복한 자만이 운동이 주는 진가를 깨닫게 되면서 비로소 즐거움과 행복을 누리게 되는 운동이다.

◆━━━◆━━━◆

테니스인은 작은 것을 섬기는 어진 자의 행동처럼 사소주의(事小主義)를 표방하고, 상하 누구나가 편안하고 즐거운 마음으로 함께 행복을 추구하는 종신지우(終身之憂)여야 한다.

고수의 반열에 오른 사람은 옛 시절을 잊지 않아야 하고, 이미 옥처럼 귀한 존재가 되었다고는 하나 옥처럼 귀하려 하지 않고 돌처럼 소박해야 한다.

인생과도 같은 테니스 경기

테니스 한 게임

노란 볼을 쥐고서 서브를 넣기 위해 베이스라인 앞에 서서 그중 한 개의 볼을 바닥에 볼을 통통통 두드리면서 심호흡으로 긴장감을 다스린다.

저 멀리 네트 넘어 베이스라인 끝에서 나의 서브를 기다리는 상대를 응시한다. 첫 서브를 어떻게 어디로 넣을 것인지 자신과의 조율을 마친다. 서브 토스로부터 시작하여 서비스 라인 예각으로 볼을 보낸 후 네트로 대시, 그리고 스플릿 스텝 후 발리 자세를 취하면서 상대의 리턴을 기다린다.

상대의 리턴 볼은 어디로 향할지?

네트로 대시하는 나에게로 올 것인가.
파트너 옆을 통과할 것인가.
리턴 에러 확률을 높이는 센터일까.
파트너 머리 위로 올리는 로브인가.
아니면 다음 찬스를 노리는 스트로크 랠리로 이어질 것인가.

테니스 경기는 첫 서브와 리턴, 이어지는 상호 간 스트로크 공방전을 펼치면서 게임의 시작부터 끝나는 동안에 오가는 볼마다 사연을 남긴다. 사연 따라서 생기는 득(得)과 실(失)에 의해 생기는 환호와 탄식, 승패의 결과에 희비(喜悲)가 교차하고 희비는 반복되어 찾아온다.

이렇듯이 천변만화(千變萬化)하는 공(球)의 이야기는 테니스 코트라는 또 다른 작은 세상에서 펼쳐지는 기승전결이 있는 삶의 축소판이다.

테니스 예찬

"테니스는 골프같이 한가롭지 않다.
수영처럼 외롭지도 않다.
탁구처럼 작은 동작들에 머무르지 않는다.
축구처럼 많은 사람이 필요하지 않고,
농구같이 몸을 부딪치지도 않는다.
야구같이 번잡하지 않고,
배구처럼 큰 신장과 강한 힘을 요구하지도 않는다.

낚시같이 집을 오래 떠날 것을 요구하지도 않으며 필요한 건 라켓 한 자루, 코트, 상대가 있으면 있는 대로 없으면 또 혼자인들 어떠랴.

스치는 바람 적당한 격렬함 미끄러지는 아기자기함 파트너와 상대팀 서로의 배려와 승리감 실수의 아쉬움까지도 즐겁기 그지없다."

– 정관영 공학박사

초대(invite)

태양의 열기가 최고조에 달하는 2008년 7월,
윔블던 챔피언십 남자 단식 결승이 열리는 영국 윔블던 올 잉글랜드 클럽 코트.

흙신 라파엘 나달은 4대 메이저 대회 중 가장 권위 있는 윔블던 대회에서 우승까지 단 한 포인트만을 남겨 놓은 상태에서 심호흡으로 마음을 진정시키고 있다.

상대는 2006년과 2007년 2년 연속 윔블던 결승에서 무릎을 꿇게 했던 윔블던 5연패의 테니스 황제 로저 페더러.

두 사람은 이스턴과 세미웨스턴 그립을 쥐고서 최후의 승자를 가리는 풀세트까지 가는 접전을 펼치면서 윔블던 사상 최장 경기 시간인 4시간 45분을 넘기는 기록을 세우고 5세트 게임 스코어 6-6 타이브레이크까지 가게 된다.
센터 코트를 정적 속으로 몰아넣고서 오로지 들리는 소리는 잔디코트 위에서 혼신의 힘을 다해 좌우로 밟는 스텝과 거친 호흡, 라켓과 볼의 마찰로 터지는 네트 위를 오가는 경쾌한 타구 음뿐이다.

스팡~

팡————————!

나달이 먼저 타이브레이크 8-7로 승기를 잡으면서 서브권을 가져온다. 생애 처음으로 윔블던 정상을 눈앞에 두게 된 나달은 코트 바닥에 볼을 두드리며 신(神)에게 주문하듯이 진지한 마음으로 특유의 서브 루틴을 시작한다.

통통통통 통통통….

'여기에서 끝이 날 것인가
아니면 동점으로 이어질 것인가.'

기어코 끊어야 하는 절체절명의 순간 긴 서브 루틴이 끝난 후 첫 서브 토스와 함께 나달의 손바닥을 떠난 볼이 높고 파란 하늘을 향해 오른다.

관람석을 꽉 매운 관중들의 눈은 숨을 죽인 채
혼(魂)을 실은 나달의 손끝에 모아진다.

◆————◆————◆

우리들의 삶처럼 천변만화(千變萬化)하는
노란 공의 이야기 속으로 여러분을 초대합니다.

19

입문

　테니스, 내가 너를 알고 난 후 비가 오나 눈이 오나 바람이 부나 사시 사철 단 하루라도 네 생각을 빠트린 적이 있었던가? 기쁨과 슬픔을 함께 하는 너는 나의 영원한 친구이자 내 삶의 일부인 것을.

　내가 이 매력적인 운동에 흠뻑 빠져든 지도 햇수로 어언 36년을 넘어 선다. 시간이 지날수록, 또 점점 알아갈수록 여러 측면에서 다양하게 어려운 운동이라서 아직까지도 나에게는 그 묘미가 가히 매력적인 수준이 라 할 수 있다.

　아내의 권유로 시작한 운동 테니스, 그 후 30여 년 동안 광신도가 돼 버려서 지금 주말 코트로 나서는 나를 보면서 아내는 어떤 생각을 할까? "주말이여~ 주말~! 주말은 가족과 함께~~!" 투덜거리면서도 '그래도 지나치지만 않는다면 참 좋은 운동이지.' 하고 여기는 것 같았다.

　이젠 내 삶의 일부가 되어버린 테니스. 나 홀로서 망망대해에 표류하 더라도 구명조끼나 튜브보다 테니스공 손에 쥐면 몸에 부력이 더 생길 것 같고 라켓마저 있다면 바다에 누워 구조될 때까지 느긋한 마음으로 기다려질 것 같은 이 좋은 운동의 진미(珍味)를 살짝 느껴보기로 한다.

서브&발리, 네트 선점 그리고 공중으로 솟아오르는 볼에 강한 스매시! 이 산뜻한 마무리는 테니스의 꽃이자 무어라 형용할 수 없는 쾌감이다.

내가 좋아하고 신앙처럼 여기는 테니스는 한 게임 중에 여러 가지 상황이 전개된다.

상대를 심리적으로 압박하거나 허를 찌르는 변화무쌍한 서브와 응수에 이어 상대와 랠리 공방전을 펼치는 여러 구질의 스트로크, 짧게 또는 빨랫줄처럼 길게 뻗어가는 발리 샷, 대처할 시간 없이 머리 위로 지나가는 로브와 궤적을 끊어내는 스매시 등.

기술적인 내용과 이런 기술들을 사용하여 파트너와 함께 상대를 앞에 두고 코트에서 수시로 공수전환을 하면서 전개되는 다이내믹한 운동이다.

여기엔 몇 가지 어려움이 필수적으로 따르고 겉모습과는 달리 그 안에 많은 애환들이 녹아 있다. 이것은 테니스 동호인의 저변확대에 저해되는 요인과도 직결되는, 공통의 안타까움이라 할 수 있다.

첫 번째 기술적인 어려움으로는 볼을 잘 치기 위한 방법을 터득하는 훈련과 모든 샷의 완성도를 높이는 반복 숙달의 지속적인 노력이 필요하다. 두 번째는 실전에서 어떤 상황에 처하더라도 흔들리지 않고 제 실력을 유지하고 발휘하는 멘털이 요구된다. 마지막으로 이 두 가지보다 더한 것은 승패를 가리는 게임 중이나 후에 발생되는 사람 간의 마찰 극복이다.

코트에는 여러 유형의 사람들이 모여 운동을 한다. 정해진 목표를 두고서 운동에 전념하는 사람들, 즐기는 스포츠로 운동을 하는 사람들, 다른 이유에서 운동하는 사람들이다.

이렇듯 각각 유형이 다른 사람들이 모인 테니스 코트에는 오가는 볼 사이에서 희로애락이 끊이지가 않는 또 하나의 작은 세상 공간이다.

오랜 기간 나에게는 신앙이 돼 버린 테니스가 좋은 가장 큰 이유는 게임 후 공 하나의 복귀로 웃고, 아쉬움 남기고, 그 아쉬움은 실력배양의 밑거름이 되고, 뒤풀이 맥주 한 잔의 여유와 실력 편차를 떠나 즐거움 속에 장유유서가 유지되는 인간관계 때문이다.

우리나라 테니스는 1883년 5월에 부임한 미국의 초대 공사 푸트에 의해서 도입되었다. 미국공사관 직원들과 개화파 인사들이 테니스를 하는 모습을 보면서 어느 양반이 이렇게 얘기했다고 합니다.

"아이고오~ 저런 저런~ 이 더운 날 사서 저 고생이야~?
땡볕에 얼굴 그을리고, 헉헉대고 저런 건 머슴이나 시킬 일이지~"

이 좋은 걸 남 줄 순 없습니다.

안 그런가요?

번뇌즉보리(煩惱卽菩提)

"보제(菩提)란

불교의 근본이념이며 일반적인 종교는 신앙의 대상으로서 유일신을 전제로 하여 존재하고 있으나 불교는 그리하지 않고 오직 일체 만법의 법성인 자기의 자성을 깨치는 것을 근본으로 삼는 것.

번뇌(煩惱)

중생의 심신을 혼돈시키고 불교의 이상을 방해하는 장애이다. 우리들은 삶이 곧 번뇌요 번뇌가 곧 삶이라는 표현을 곧잘 말하는데 번뇌의 깊은 뿌리를 근원적으로 파악하여 해결한다는 것은 인생의 근본 문제를 해결하는 참다운 길이 되는 것이다.

번뇌즉보리(煩惱卽菩提)

지혜에 의해 번뇌의 속박에서 벗어나게 된 것을 해탈(解脫), 모든 번뇌의 불이 꺼지는 상태를 열반(涅槃)에 들었다고 하며 여기에서 이상적인 지혜의 활동이 잠재적으로나 표면적으로 이루어지기 때문에 보리(菩提)라고 하는 것이다.

부처(佛陀)에 이름은 자기 자성, 자기 마음을 깨쳐서 성불이 된 것이고, 번지르르한 언설과 이론만으로는 성불한 사람은 없으며 몸소 깨달은 자만이 부처가 됨을 말함이다."

<hr />

  테니스를 어느 정도 아는 수준에 이르면 자기 실력이 부족함에 대해 늘 생각하게 되는데 특히 어려운 스트로크에 대한 고민은 가히 테니스의 번뇌라고 할 수가 있다.

  고수가 되는 과정은 여러 단계를 거친다. 맨 먼저 손으로만 잘 치면 되는 줄 알았다가 발로 뛰는 운동이라는 것을 깨닫게 되고 다음 단계에서는 눈으로 잡고 예측하는 정도까지 돼야 하며 마지막에서는 멘털을 키워 평상심을 유지하는 단계에 이르러야 한다.

  여러 단계의 번뇌 끝에 열반에 이르고 타인(他人)의 이론이나 가르침보다 본인의 깨달음으로 인하여 테니스의 부처가 될 것이다.

  * 앞의 글은 특정 종교와는 아무 상관이 없는 테니스 교의 이야기다.

줄과 사람

줄이 끊어지기 일보 직전에는
라켓의 타구감이 가장 좋다는 말을 들었다.
실제로 그런 것 같기도 하다.

사람과의 관계도 서로의 사이가 가장 좋을 때
위태로움이 도사리고 있는 건 아닐까?

줄은 끊어지면 새로 매면 되지만 사람 관계는
한번 소원해지면 예전처럼 이어지기가 쉽지 않다.

그러므로 가장 좋을 때 오히려 서로에게
예의를 갖추고 조심해 주는 것이 관계를
지속적으로 유지하는 비결이라 생각된다.

쇼를 하라!

2007년 대한민국 광고 대상으로 모 이동통신사의 광고 시리즈가 선정되었다.

올 한 해 전국을 쇼 분위기로 몰아넣었던 시리즈 광고 중에 '우린 아무 것도 필요 없다 / 고향 방문 편'에서 고향 부모님의 마음을 읽어주어 효심을 나타냈던 장면이 떠오른다.

"아범아 잘 있지~ 우린 아무것도 필요 없다. 연속극 옆집에 가서 본다~ 그러니까 TV는 진짜로 필요 없다~!!"

말은 필요 없다고 하지만, '그래도 있으면 더 좋잖겠냐~ 잉~' 하면서 속으로는 은근한 바람이 있다. 정작, 중요한 것은 작은 것이라도 자식에게 부담될까 봐 사양하는 부모님의 마음과 그것을 알아차린 기특한 자식의 혜안이라고 생각한다.

몇 초 사이 지나간 광고 속에서 마음이 풍성해지는 일상의 쇼를 보았다.

휴일 코트는 늘 분주하다.

다음 게임이 어느 분의 순서인데 본인이 들어가면 전력이 기운다고 은근히 사양하던 하급자가 있다.

상수와 경기하고 싶은 마음은 어느 누구든지 같다. 게임을 가려서 하면 하수들은 아무렇지도 않은 표정을 짓지만 서운해하는 마음은 크고 상당히 오래간다.

하급자지만 배려하는 마음에 감동받아서 "우리 편안한 마음으로 한 수 지도받읍시다~" 하고서 함께 경기를 하였다. 상대 팀은 전력으로 보아 능히 우리 팀을 이길 수 있었지만 시소를 하듯 잘 맞추어 응수해 준다.

1-0, 2-0, 2-1, 2-2, 3-3, 4-4….

승부를 가리는 게임의 특성상 맞춰주는 게임은 쉽지 않은 일이다. 하지만 전력이 확연하게 차이 난 상대와의 게임이라면 승패를 초월하여 상대 수준에 맞춰주는 게임도 즐겁게 운동하는 좋은 방법 중의 하나다.

쇼를 하라~!!!
쇼를 하면 코트가 즐거워진다.

거리 유지

　사람과 사람 사이에서 인연을 맺고 좋은 관계를 오래 유지하기 위해서는 적당한 간격을 두고 사는 것이 좋은 방법이 라고 생각한다.

　관계가 나빠질까 봐 미리 조심하면서 살 필요는 없다. 많은 사람들의 생각이 각각 다르고 나와 맞지 않을 수도 있기 때문에 초심을 지키면서 사는 일이란 참으로 어렵다.

　너무 가까이 지내다가도 친근감에 경솔한 짓을 하다 보면 걷잡을 수 없이 관계가 소원해질 수도 있고(다정(多情)도 병(病)인 양하니), 그렇다고 너무 멀리 지내다 보면 '눈에서 멀어지면 마음도 멀어진다'(out of sight out of mind)가 되니 영영 타인처럼 그리 될 수도 있다.

　테니스에서도 볼과 라켓 사이의 관계를 생각해 본다.

　네트를 넘어오는 볼을 쫓아 타구 지점까지 가는데 볼과의 거리가 너무 가까우면 팔이 옹색하게 되어 제대로 펴지지가 않아서 제 스윙을 가져가기 힘들다.

또한 반대로 볼과의 거리가 너무 멀면 엉덩이가 빠진 상태에서 스윙을 하게 되므로 손목만 쓰게 될 경우가 많아 힘 있는 스윙이 되지 않는다. 그러므로 라켓에 힘을 싣고 호쾌한 스윙을 하기 위해서는 볼과 라켓 사이에도 적당한 거리를 두고서 치는 것이 좋다.

'사람과 사람 사이, 볼과 라켓 사이에 알맞은 거리 유지가 서로 잘 지내고, 잘 치는 비결이 아닐까?' 하는 생각을 해본다.

애버리지

애버리지라 함은 볼링에서 한 게임당 평균적으로 얻는 점수를 말하며 골프에서는 플레이어의 평균 타수를 말한다.

그리고 4구나 쓰리 쿠션으로 경기하는 당구에서도 자기가 놓은 점수를 다 칠 때까지 걸리는 시간이 있다. 어떤 방식이든 둘이서 게임을 할 경우 평균 시간 15~20분 정도 안에 끝내야 자기 당구 수를 인정한다고 한다.

테니스 이야기를 하면서 생뚱맞게 웬 애버리지 타령을?

볼링이든 골프든 당구든 애버리지란 그 기량이 평균적으로 유지되는 수치라고 본다면 테니스에서 애버리지는 어떻게 산정해야 할까?

게임 시에 나타나는 실력의 기복 정도 차이를 수치로 계산하여 점수로 따져본다고 하면 가령 10점을 만점으로 놓고서 10경기를 했을 때 기량 발휘가 1, 2, 10, 3, 2, 9, 2, 1, 4, 10으로 숫자가 롤러코스터를 타듯 기복이 심한 사람과 7, 8, 7, 8, 9, 6, 7, 8, 8, 9의 큰 차이를 보이지 않는 숫자가 나오는 사람의 성적표는?

전자는 합계가 55가 나오고, 경기당 평균 5.5점.
후자는 합계가 75가 나오고, 경기당 평균 7.5점.

만점이 간간이 나오는 사람보다는 만점은 나오지는 않지만 높은 점수를 꾸준히 유지하는 사람이 이길 확률이 더 높고 나오는 수치의 합계를 애버리지로 봐도 무방하겠다.

동호인 테니스는 에러 싸움이다. 에러가 많은 상대로 간파되면 왠지 '몇 구째에 에러를 하겠지.' 하는 기대감에 모를 자신감도 생기고 또 어쩐지 지지 않을 것 같은 느낌이 든다.

에러가 잦으면 점수도 쉽게 내주고 상대를 안심시키는 비효율적인 경기 운영을 할 수밖에 없다. 그러므로 성급한 마음에 한 방에 의존하는 화려한 샷보다는 차분하면서 안정적인 플레이로 상대를 조급하게 만드는 것이 더 바람직하다.

에러의 다소(多少)와 기복의 편차가 실력을 가늠하는 척도가 된다. 실력이 엇비슷해도 에러의 차이로 미세하나마 우열이 가려지고 큰 차이를 보이면 고수와 하수의 등급이 생기고, 동급이라면 에러가 많은 팀이 당연히 패할 확률이 높다.

많은 게임 중에 내가 잘했더라도 패하는 경우가 이따금씩 있는데 내가 어떤 게임에서든지 기복 없이 애버리지를 7점대로 꾸준히 유지했다면 승패를 떠나서 만족도가 높은 경기를 했음이다.

패인은 당신보다는 파트너의 능력관리가 안 됐다고 봐도 무방하다.(기복이 심한 파트너는 본인이 겨우 1포인트 잘할 때만 기억하면서 패인을 당신 탓으로 돌리지만 그냥 미소로 답하라.)

중요한 것은 어떤 게임을 하더라도 자기 실력 대에서 기복 없는 실력을 보여야만 믿고 든든한 파트너로 인정받게 된다.

김연아의 꿈

얼마나 노력했는지조차 짐작할 수도 없고, 노력의 흔적마저 노력으로 지워버리고 궁극의 아름다움을 연출하여 갈채와 극찬이 부족한 피겨 요정 김연아.

김연아 아이스쇼 '페스타 온 아이스'에서 기량이 절정에 달한 요정의 다양한 동작들을 보고 있노라면 경이로움마저 생긴다.

이런 김연아의 꿈은 본인이 만족하는 '완벽한 연기'를 하는 것이라고 한다. 치열한 경쟁에서 이겨 금메달을 따는 것보다 더 중요한 것은 빙판에서 본인이 만족하는 최상의 연기를 펼치는 것이라고 말한다.

한 번 정도는 "올림픽 금메달이 저의 희망입니다." 또는 "제 희망은 이번 대회에서 우승하는 겁니다."라고 할 만도 하지만 김연아는 항상 '완벽한 연기'를 희망으로 꼽는다.

승패의 결과를 따지는 테니스 경기도 지는 것보다는 이기는 것이 좋고, 또 승을 우선시하기에 더 열심히 하는 것이 대다수 사람들의 마음이다.

이기는 것도 좋지만 비록 졌더라도 게임 내용 면에서 최선을 다했고 본인 스스로도 충분한 만족감을 느꼈다면 큰 의미 없는 내용의 1승보다는 낫다고 본다.

피정

피정(避靜·Retreat)이란 영성 생활에 필요한 결정이나 새로운 쇄신을 위해 일정 기간 동안 묵상과 성찰의 기도 등과 같은 종교적 수련을 행하는 과정을 말한다.

서울 명동의 가톨릭회관 강당에서 하루 피정(避靜)이 열렸다. 강당 안에는 제대(祭臺) 앞에 기다란 관(棺)이 하나 놓여 있었고, 관은 붉은 십자가가 새겨진 흰 천으로 덮여 있었으니 영락없는 '장례 미사' 풍경이었다.

체험 시간 전, 강단에 오른 신부는 "여러분 자신의 죽음에 대해 심각하고, 진지하게 묵상해 보십시오. 죽음을 알아야 삶도 알 수 있기 때문입니다."라는 가르침을 준다.

피정에 참가한 많은 사람들은 진짜 장례식 같은, 캄캄한 어둠의 관 속에서 피정을 통한 5분가량의 죽음을 체험한다.

관에 들어갔다가 5분 후에 관 밖으로 나온 사람에게 소감을 물으니 "다시 태어나는 심정이다. 내게 남은 삶이 참 고맙고, 그래서 삶을 제대로 사는 것이 정말 중요하게 느껴진다."라고 말을 한다.

우리는 코트에서 수많은 경기를 하면서 승리도 하고 패배도 한다.

패배 후 복기를 통한 깊은 자기반성은 후일 새로운 실력으로 거듭나기 위한 테니스에서의 피정이다.

테니스 대장

〈복면가왕〉이라는 모 방송국의 예능프로그램이 있다.

일요일 오후 코트에서 일찍 귀가하여 오래간만에 티브이 앞에 앉아서 방송을 본다. 내 나이 50대 후반인데 아직도 남은 감성이 있었는지 눈시울이 뜨겁다.

〈Don't cry〉를 선곡해 방어전에 나선 음악대장.

가슴을 치는 묵직한 저음으로 시작해 애절한 감성의 고음을 뽑내며 판정단의 귀를 사로잡는다.

대결의 결과는 음악대장의 승리였고, 4연승을 하면서 25대 가왕의 자리에 오른 음악대장은 "정말 감사하다. 제가 10을 준비하면 늘 6, 7 정도의 무대밖에 보여드리지 못해서 아쉽다."라며 왕좌에 오른 소감을 전한다.

내가 듣기로는 완벽에 가까운 열창이었고 전문가들의 견해 또한 그리했는데 저 정도가 기량의 6~7 정도만 보여줬다고 하다니.

코트에서 가끔씩 이런 얘기를 한다. 대외적인 경기에서 평소 기량의 70%만 발휘를 한다면 아주 좋은 결과가 있을 것이라고.

콘서트의 무대와 테니스 코트를 같은 경연의 장이라고 봤을 때 상, 하수를 떠나서 어느 상황에서라도 갖춰진 기량을 기복 없이 반 이상을 낼 수 있다면 우리는 그를 테니스 대장이라고 부르고 싶다.

내 이럴 줄 알았다

네트 앞에 서서 좌우로 빠르게 동작을 취하는 상대 전위는 리턴할 때마다 무척 거추장스러운 존재다.

팡~!!!
상대 서브가 들어온다.

장애물처럼 보이는 상대 전위의 움직임을 피해서 리턴을 하지만 전위를 너무 의식한 탓인지 각도가 너무 깊어서 결국 아웃이 되고 만다.

'이런.'

랠리를 하다가 상대 전위의 포치 모션에 놀라 로브를 하는데 어정쩡하게 올리는 볼이 상대의 머리 위로 알맞게 떠올라 스매시 한 방이 내 옆을 통과하여 그대로 꽂힌다.

'에이~ 이게 뭐야.'

결국 소심한(?) 플레이가 실점하게 되는 결과를 초래하는데 이렇게 저렇게 해도 실점할 바에는 차라리 자신 있게 호쾌한 스윙이라도 해볼 걸 하는 뒤늦은 후회가 남는다.

***

"I knew if I stayed around long enough, something like this would happen."
"오래 있으면 이런 일(죽음)이 생길 줄 알았어."
작가 버나드 쇼가 죽기 전에 직접 남겼던 묘비명인데 원문이 오역되어 '우물쭈물하다가 내 이럴 줄 알았다.'로 더 알려져 있다.

뿌리 깊은 나무

수목 드라마 〈뿌리 깊은 나무〉.

줄거리를 꿰차고 있지는 않지만 드물게 드라마를 볼 때마다 여느 때의 사극과는 뭔가 많이 다르다는 느낌을 받는다. 많은 사람들이 '세종 이도' 분으로 나오는 주인공 한석규의 열연에 극찬하는 이유를 알 것 같다.

극 중 세종과 대립 관계에 있는 밀본의 본원인 정기준과
그의 심복 간의 대화 장면이다.

"세종이 조말생을 시켜 나인들을 잡아들이고 모진 고문을 가하고 있습니다. 어찌 사람이 저리도 악하게 변할 수가 있는 것입니까?"라고 하자 정기준이 심복에게 "이 세상에 선(善)과 악(惡)의 명확한 기준은 없느니다만, 나쁜 상황에 처하기 전까지는 모든 사람들이 선하게 보일 따름이니라." 하고 말을 해준다.

테니스 한 게임 중에 찾아오는 찬스와 위기는 수시로 바뀐다. 따라서 파트너의 마음도 그때마다 달라지는 모습을 보이기도 한다.

게임 중에 우리 팀에게 불리한 상황이 전개되더라도 결코 바람에 흔들리지 않는 뿌리 깊은 나무처럼 나의 파트너는 끝까지 달라지지 않는 모습으로 나를 격려해 주고 다독거려 주었으면 좋겠다는 바람이다.

나도 그렇다

"테니스를 하지 않을 때보다 할 때가 덜 아픈 이유는 시합 중에 분비되는 아드레날린과 엔도르핀이 진통제 역할을 하고 또한 경기 중에는 집중력이 아주 깊어 육체적으로 세상과 분리되어 아픈 곳이 있다 하더라도 통증을 덜 느끼게 되기 때문이다."

– 라파엘 나달

집에 있으면 아프다.

오랜 세월 운동하다 보니 어깨, 팔꿈치, 허리, 무릎 등에 발생한 부상과 고질적으로 시달렸던 곳에 느껴지는 통증이다.

그런데 테니스장으로 나설 때부터 통증이 서서히 사라진다. 코트가 보이면 통증은 거의 사라지고 게임에 들어가면 덜 느끼게 되는데 그 원인은 나달이 그랬던 것처럼 나도 그렇다.

걱정을 지우자

"살아가면서 생기는 걱정들

40%는 일어나지 않은 일에 대한 걱정,
30%는 돌이킬 수 없는 과거의 결정에 대한 걱정,
12%는 질병에 걸리지 않을까 하는 걱정
10%는 장성한 자녀들과 친구들에 대한 걱정,
진짜 현실의 문제에 대한 걱정은 겨우 8%뿐이었다.

지나간 일에 오지 않은 일에 걱정하지 말고
오늘 즐겁게 살기로 해요."

— 출처 미상, 좋은 글

코트에서 생기는 걱정

볼이 상대 전위 포치나 네트에 걸리면?
라인 밖으로 벗어나 아웃이 되면?

게임 중에 생각은 한 포인트 실점에
대한 걱정으로 꽉 차 있다.

걱정이 많을수록 걱정이 해결된다면
걱정만 하고서 게임에 임하겠지만
걱정이 지나치면 정반대의 현상만 빚을 뿐이다.

이미 지나간 실점에 대한 걱정,
지금 포인트를 잃으면 어쩌나 하는 걱정보다는
스윙할 때만큼은 걱정을 지우자.

테니스 그까이꺼

　개그맨 장 모 씨가 아버지로부터 감각을 물려받아 〈개그콘서트〉에서 우리들에게 웃음을 줬던 유행어가 '그까이꺼'다.

　"*그까이꺼 대충~*"이란 어려운 일이나 상황을 대수롭지 않게 여기면서 그것을 몹시 경시하는 태도를 나타내는 말이다.

　약 7년 전에 저희 클럽에 하수 한 분이 실력이 중, 상급 정도가 되는 어느 분에게 "*형은 내가 2년만 열심히 하면 따라잡겠소~~~!!!*" 하고 호언장담을 한다.

　지금은 따라잡긴 한 것 같으나 2년이 아니라 어언 7년이란 세월이 흘러버렸다. "*2년만 기다리슈~*" 했던 게 7년씩이나 걸려버린 것이다.(물론 형이란 분도 운동은 꾸준히 했었다.)
　많은 세월이 흐른 후 그분은 지금 우리 클럽 내에서 상위그룹에 속하며 공포의 왼손잡이로 통한다.(참고로 우리 클럽의 상위그룹은 관내 대회의 은배 수준으로 보면 된다.)

　이야기를 들어보니 그 7년도 흐지부지 보냈던 건 아니었다. 다른 곳에서 남모르게 레슨도 받고, 규모 있는 대회도 참석하고, 기량 쌓기에 남다른 노력을 기울였다고 한다.

호언장담했던 2년 차 때부터 기량이 더디게 향상되는 자기의 모습을 보면서 그분 심정은 어땠을까? 지금은 테니스가 만만찮은 운동이라는 걸 분명 깨달았으리라고 본다.

"테니스 그까이꺼 대충~ 슬렁슬렁 공이 왼쪽으로 오면 얼른 그쪽으로 뛰어가서 넘기고 또 오른쪽으로 오면 또 얼른 뛰어가서 받아서 넘기고 상대보다 한 번만 더 넘기면 끝나는 거 아녀~"

그렇긴 한데 그것이 참으로 어렵다는 얘기다.

테니스 입문 후 초보자들이 의욕이 앞서다 보니 테니스를 잘 모르고서 너무 쉽게 생각하고 만만하게 보는 경향이 있다. 막상 해 보니 알아갈수록 어려운 테니스는 기량 향상을 위해 끊임없는 노력이 요구되는 운동이다.

네트를 오가는 볼에 집중하지 않으면 샷이 원하는 대로 되지 않는다. 하나의 완성된 샷을 만드는 것은 시계의 초침과 분침이 한 치의 오차 없이 돌아가서 시침을 움직여 한 시간을 만드는 거처럼 정교한 작업이기도 하다.

테니스는 정말
그까이꺼~로 생각할 일이 아니다.

마른 인간에 대한 연구

서기 2222년
어느 뚱뚱 천국의 8월

부채질도 힘들고, 숨쉬기도 어려운 판국인데 과거 마른 인간들은 한여름 땡볕에도 테니스 라켓을 들고서 월례대회, 전국대회의 코트에서 엄청난 땀을 흘렸다고 한다.

정말, 이해할 수 없는 것은 게임 전, 스트로크 랠리를 힘들게 하여 일부러 땀이 나오도록 만들었으며 한겨울 혹한의 날씨에도 벙개며 정모며, 띠 대항전이며, 모임의 알림만 있으면 최소 사오십 명에서 많게는 백여명씩 우르르~ 코트로 모였다는데

영하의 날씨이면 집 밖으로 나와 움직이는 것이 사실상 법으로 금지된 지금 밖으로 나와 정모를 한다, 벙개를 친다? 이게, 과연 있을 수 있는 일인지

대체 마른 인간과 테니스와는 어떤 상관이 있기에 과거에 저토록 광적이었는지에 대한 연구는 미래 국민 건강을 위해서라도 국가적인 차원에

서 심도 있게 다뤄져야 한다고 생각한다.

부상, 통하지 않는 변명

팡~!!!

슈웅—————————

상대의 강한 플랫서브나 포핸드스트로크가 네트 넘어 나를 향해 날아온다. 팔꿈치 엘보나 손목에 부상이 심한 환자라면 0.001초의 리턴 순간 부상으로 생긴 통증이 저절로 인지되어 볼 컨택 전 순간 망설임으로 작용하고, 반응은 임팩트의 타이밍이나 라켓의 스윙 속도로 나타난다.

찰나지만 무서운 뇌의 반응이다.

볼을 받기 전에 예상되는 통증과 두려운 생각으로 라켓이 멈칫거려 타점이 뒤에서 형성되면 상대에게 밀리는 볼이 되고 통증이 두려워서 자신 있는 스윙을 하지 못하면 어떤 스트로크도 볼에 스피드와 파워가 생기지 않는다. 이와 같은 상황이 반복되면 본인 역시 자신감 결여로 이어질 수밖에 없다.

경기가 끝난 후 게임 내용의 만족도나 발생했던 실점의 원인에 대해 분석한다. 이런저런 문제들, 특히 부상 때문이란 말들을 하지만 상대는 나의 부상에 대해서 그다지 신경을 쓰지 않는다.

설마 상대가 백핸드 엘보 통증이 심하다고 일부러 그리 볼을 보낼까? 어찌 보면 상대는 통상적으로 취약하다고 보는 백 쪽으로 본인의 득점타를 날리기 위해 샷에 집중하고 충실할 뿐 상대의 부상에 대해서 무신경으로 악의 없이 볼을 친다고 보면 되겠다.

선수건 동호인이건 경기력 저하를 가져오는 부상은 짜증스러운 일이다. 제 플레이를 하지 못했던 것에 대해서 누군가에게 말해봤자 귀담아들을 사람이 별로 없다. 나의 현재 실력이라 함은 나의 몸 상태를 변명할 것도 없이 컨디션이나 부상까지 포함된 전력을 말하는 것이다.

부상
테니스 라켓을 쥔 대다수 사람들은 온몸이 성하지가 않고 늘 크고 작은 부상에 시달린다. 아마 라켓을 놓기 전까지는 없어지지 않을, 모두가 감내해야 할 고통의 일부가 아닐까?

어찌 보면 코트에서 한 게임은 상대든 나든 서로서로 부상으로 인한 고통도 잊고 노란 공에 몰두하는 테니스환자들끼리의 대결이 아닌가 한다.

홀리데이

휴가를 뜻하기도 하고 크리스마스를 의미하기도 하는 홀리데이(Holiday). 홀리(Holy)는 성스럽다는 뜻이고, 데이(Day)는 날이라는 뜻. 그러니까 홀리데이는 성스러운 날이라는 말이다.

휴가와 크리스마스만 성스러울 필요는 없다. 내가 사는 모든 날을 휴일로, 내가 거하는 모든 곳을 성소(聖所)로 만드는 것으로 매일의 안식을 추구하는 것이다.

내가 선택한 운동 테니스는 쉼에 집착하지 않는 건강한 노동, 테니스 코트 안에서 쉬기, 자립, 자생, 자유이다.

에브리데이 에브리웨어 홀리데이!!!
Enjoy your life with the tennis….

미스터리 시리즈

완전 양식이 불가한 뱀장어는 연어와 반대로 민물에서 자라다가 산란할 때가 되면 깊은 바다로 가고 그곳에서 부화한 장어 치어들이 서식지를 찾아 8개월 여 망망대해를 헤엄쳐 바다를 건너서 강으로 거슬러 올라온다.

현재 대량 생산이 가능한 뱀장어 양식은 바다에서 강으로 거슬러 온 치어를 잡아다가 가두어 키우는 것뿐이다. 뱀장어의 한살이는 100여 년 연구 중에 있으나 아직까지도 산란장소조차 찾지 못하는 미스터리로 남아 생태의 신비 전모를 밝히지 못하고 있다.

미스터리 둘.

목포지방 해양수산청의 한 수산 지도사가 세계 최초로 낙지 인공 부화에 성공해 화제다. 특히 지금까지 미스터리로 남아 있던 낙지의 산란과 부화 과정도 밝혀져 종묘 생산을 통한 낙지 대량 생산의 가능성이 높아지고 있다고 보도하였다.

그 이전에는 일반적으로 낙지는 양식이 불가능하다고 알려져 있었다.

그건 인위적으로 알이 부화가 안 되어 알에서 깨어나는 치어를 구할 수가 없어서 양식이 안 된다고 모두들 낙지 미스터리라고 그랬다.

미스터리 셋.

테니스 포핸드는 타구감을 잡기가 참 어렵다. 그제는 내가 볼을 치는지 볼이 날 때리는지 모를 정도로 감을 잃어버렸고, 어제는 타구 시 힘 조절과 방향성이 좋아서 감을 잡았다고 생각했었는데 오늘은 어제의 느낌을 찾을 수가 없어 하루 사이에 그 감이 어디로 갔는지 참 미스터리하다.

다만 알 수 있는 것이라고는 그날그날 게임 전에 충분히 몸을 풀면 그나마 타구감이 나아져 게임에서 자신감 있는 스윙이 되는 것만은 확실하다.

인체에 유익한 강장식품으로 '바다의 삼(蔘)'이라고 알려진 해삼은 말리면 원래 크기의 10% 정도로 줄어든다. 불리면 다시 원래 크기로 돌아가면서 단단한 질감이 부드럽게 바뀐다.

햇볕에 바짝 말라서 죽은 줄 알았는데 물에 넣으면 생생하게 살아나는 해삼, 생긴 것도 제멋대로 크기가 커졌다 작아졌다 하는 해삼.

날마다, 게임 시마다 일정치 않고 들쭉날쭉한 포핸드 샷이 내 몸인데도 내가 알지를 못하는 미스터리 한 해삼 같다.

야생마 길들이기

"히히 히힝~~~"

초원에서 자유분방하게 이리저리 날뛰는 야생마는 방법을 동원하여 행동반경에 제약을 두거나, 제재를 가하면 어느 순간 얌전하게 길들여진다.

게임 전, 어느 분과 몸풀기 랠리를 하는데 헤라클레스의 팔뚝으로 라켓을 휘두르는지 포핸드스트로크에서 날아오는 볼이 라켓에 쇠뭉치처럼 닿는 느낌이어서 리턴하기가 어려울 지경이다.

'야~ 이거 도저히 못 받겠는 걸.'
그런데 묵직하고 파워풀하게 넘어오는 볼 대부분이 라인 밖으로 나간다.

연습 랠리가 끝나고, 상대하여 한 게임을 하는데 게임 시에는 연습할 때와는 달리 아웃되지 않기 위해서 조심스럽게 볼을 다루는 것을 보게 된다.

'제약이 있어 함부로 못 하나?'

선(線)이 있으니 볼이 선(善)하게 되는구나.

테니스는 선 안에 넣기 위해 얌전해지는,
선의 운동이라는 것을 새삼 깨닫는다.

인생을 닮은
테니스

"천재의 길과 노력하는 사람의 길 중 나는 후자를 선택했다.
노력으로부터 피할 수 있는 길은 없다. 그것을 받아들여야만 한다."
— 로저 페더러

"대비하라.
다음 볼을 예측하는 일은 스플릿 스텝부터 시작된다."

"이기는 것은 덧없다. 하지만 시합에서 매너 있게 행동하고
자신과 시합에서 명예롭게 게임을 하는 것에 느끼는 더 할 수 없는
즐거움은 평생 지속된다."
— 마르티나 나브로틸로바

"진짜 위기는 실력이 부족해서라기보다
너무 깊게 생각하고 몸을 사릴 때 오는 경우가 더 많다."

"사람은 태산(泰山)에 부딪혀 넘어지는 게 아니라
작은 흙무더기에 걸려 넘어진다."
— 한비자

"실패한 경기는 사소(些少)한 방심으로부터 시작된다."

불편한 진실

　이 세상에 고부(姑婦) 간의 갈등이 끊이지 않고 영원히 풀 수가 없는 숙제로 남아 있는 것처럼 테니스 세계도 마찬가지로 클럽 활동을 하다 보면 서로 간의 실력이 각각 다름으로 상하수의 관계가 성립된다.

　게임 전이나 게임 중 또는 게임이 끝난 후에 생긴 크고 작은 일들로 인해 소소한 감정 다툼이나 서운한 일이 끊이지 않는다. 이 또한 그 갈등처럼 영원히 풀 수 없는 난제로 남는 것이 동호인 테니스 클럽의 현실이다.

　이러한 현실에서 초보자들이 테니스의 특성을 알고 동호인 클럽 활동을 하는 데 조금이나마 도움이 되길 바라면서 아주 오래전에 겪었던 나의 얘기를 전해본다.

　"라테는 말이야~" 하고 얘기를 하면 '꼰대'라는 소리를 듣는다고 했다. 하지만 과거를 알면 현재와 미래에 도움이 될까 하여 기억을 까마득한 그 옛날 시대로 돌려서 1990년 내가 테니스를 배우던 때의 코트로 옮겨 본다.

　레슨을 접수하고 들뜬 마음으로 테니스장 문을 열면서 코트 뒤로 맞은

편 벽에 ABCD로 표기가 되어 있는 것을 보니 당시 코트의 풍경은 단순한 구분보다는 나름 서열이 있음이 느껴졌다.

완전 초보의 복장은 일반 운동화에 후드티 트레이닝복을 입고서 라켓 한 자루만 가지고서 들어가 보니 A코트에서 커다란 가방을 놓고서 스트레칭을 하는 분들과의 대조가 남모른 부끄러움으로 남아 있다.(알고 보니 제대로 된 테니스 복장이 아니었던 것이다.)

느낀 대로 코트마다 특색이 있다. A코트는 바로 옆 B코트와는 볼 소리가 다르고 오가는 볼의 스피드도 다르다. C코트는 나이가 있어 보이는 여성분들이 오랫동안 주고받는 랠리를 하면서 게임에 열중하고 있고, 바로 그 옆 라인이 희미한 코트가 레슨 코트로 코치 선생님께 레슨을 받고 있는 사람, 연습구를 쓸어 모으는 사람들로 열기가 가득하다.

"이제부터 코트는 내가 접수한다!" 나이 서른의 젊음과 평소 운동신경을 믿고서 지나친 자신감으로 의욕이 앞섰다. '레슨 한두 달만 받으면 금방 게임을 하게 되고 잘할 수 있겠지.' 했던 것인데 레슨을 받으면서 얼른 게임을 하고자 했던 들끓은 욕망도 옳은 순서가 아님을 서서히 깨닫게 된다.

평소 개인적으로 친분이 있었던 선후배분들이 마주치면 눈인사 정도만 하고 나중에는 내가 있는 것을 아는지 모르는지 게임하기 바빴다. 자동으로 패스 당해 그들의 경기를 서서 지켜보는 시간 내내 뻘쭘한 기분이 들었다.

남보다 일찍 나와서 코트를 브러시로 밀고 라인을 그은 다음에 깜냥도 안 된 실력이었지만 A코트에 남아서 한 게임 기대하다가 상대도 안 해줘서 묘한 기분을 맛보면서 남모르게 겪었던 수모도 배움의 과정이었다.

그 이유가 테니스 경기의 특성을 감안한 팀 편성, 즉 양 팀 간 전력이 비등해야 박진감 넘치는 경기가 이루어진다는 것을 구력 2년이 지나고서야 어렴풋이 알게 되었다. 그렇게 알고 나니 경기 전에 수준대로 맞출 수밖에 없는 팀 구성이 클럽에서 흔히 발생하는 불편한 진실이라고 생각되었다.

보통 동호인 클럽에서는 오는 순서에 입각하여 팀을 맞춰서 게임을 한다. 비슷한 실력자들끼리 정해서 게임을 하기도 하는데 둘 중 어떤 것이 맞을까? 둘 다 맞기도 하고 아니기도 한 것이 클럽 운영의 난맥상이 된다.(코트 면이 여유롭고 참석인원이 많다면 겉으로 드러나는 불편함은 없다.)

순서대로 정하다 보면 개인 전력에 편차가 클 경우에는 은근히 그 게임을 회피하게 된다. 일례로 먼저 온 네 사람 중 세 사람이 상수고 한 사람이 하수인데 코트로 들어가기 전에 다섯 번째 입장자가 상수라면 어떻게 해야 할까?

이 대목에서 서로에게 양보와 배려가 필요하다. 순서를 고집한다거나 양보를 요구한다면 당연히 불협화음이 생기기 마련이며 하수의 서러움도 겪게 되는 순간이 된다.

나는 이미 그 시절을 지냈던 자로서 나름대로 현명한 방법이 있다면 내가 제일 먼저 왔지만 그 순서를 따지기보다는 먼저 양보하면서 상수 게임을 관전하는 것이 나중에는 나 자신에게 더 도움이 된다고 생각하였다.

흔쾌히 양보하는 모습을 보였지만 실력이 안 되면 권리도 주장할 수 없는 비애감이 스며드는 것은 막을 수가 없다. 상수들의 경기를 부러움 속에 지켜보면서 빠른 시간 내에 내가 저 자리에 있으려면 무엇을 어떻게 해야 할까? '최선을 다하면 언젠가는 기회가 주어지지 않겠는가.' 하면서 스스로 각오와 다짐을 했다.

상수들에게 잘 보이기 위해서라기보다는 기본적인 사항으로는 먼저 와서 코트를 말끔하게 정리한 후에 홀로 연습하면서 누군가를 기다린다면 미리 준비를 해놓은 하수를 챙기는 인지상정은 당연하다고 여긴다.(이런 상황임에도 하수를 외면한다면 그 상수의 인성은 xx로 평가한다.)

상수의 대열에 합류하고 그들과 함께 호흡하기 위해서는 무엇보다는 실력 향상을 위해 부단한 노력을 해야 한다. 실력을 인정받는다면 그다음부터는 코트에 모습을 보이지 않으면 전화하여 찾는 존재가 되어 있을 것이다.

30여 년 전의 일을 돌이켜보면 초보 시절 당시에 누군가가 클럽의 정서를 알려주기라도 했었더라면 몰라서 의아하기도 했던 것들도 이해가 되고 분위기도 파악해서 테니스 생활에 도움이 되었을 텐데 하는 아쉬움이 남는다.

적응의 늦고 빠름과 코트에서 생기는 불편한 진실은 순전히 나의 노력에 의해서 해소되고, 나의 테니스 자리 또한 오롯이 내가 만들어야 하므로 테니스는 그 누구도 대신해 줄 수 없는 고독한 운동이라고 생각한다.

요즘엔 '이제는 인싸 스포츠는 테니스다.'라고 할 정도로 최근 MZ세대에 열풍을 가져온 테니스의 인기가 계속해서 치솟고 운동 공간(실내외 코트)이 부족할 정도로 배우고자 하는 사람들로 봇물 터지듯 한다.

우려됨이 있다면 많은 젊은이들과 늦깎이로 배우고자 하는 중장년분들이 테니스에 대한 겉모습과 환상만 가지고 입문을 하였지만 알고 보니 알아갈수록 어렵고 기술 외적인 부분까지도 애로사항이 생기기 시작하면 적응하기 힘들어서 일정 수준에 오르기도 전에 중도에 포기를 하지 않을까 하는 점이다.

중요한 것은 할수록 어려운 일이 생기더라도 포기하지 말고 계속해서 난관을 극복하다 보면 매력의 끝이 보이지 않는 테니스 세계로 연착륙(軟着陸)을 하게 될 것이다.

가정

"저음으로 말할 것.
잔잔하게 웃을 것.

햇빛을 가득하게
음악은 고풍으로

그리고 목숨을 걸고
그 평화를 지킬 것."

– 유자효, 『데이트(우리 시대 현대시조 100인선 39권)』

클럽(Club)

환하게 인사할 것.
반갑게 맞이할 것.

게임은 즐겁게
행복은 더없이

모두가 이름을 걸고서
좋은 클럽을 만드는 데 최선을 다할 것.

위대한 복서

"나비처럼 날아서 벌처럼 쏜다."라고 하던 무하마드 알리가 65세의 생일을 맞는다는 소식을 아침 뉴스에서 들었다.

한 시대를 풍미했던 세기의 파이터, 은퇴 후 가장 위대한 복서로 칭송받던 무하마드 알리는 케시어스 클레이의 이름으로 로마 올림픽 라이트헤비급에 출전하여 아마추어 최강자로 등극한다.

1960년도에 프로로 전향, WBA 헤비급 챔피언 소니 리스턴에 8회 KO승, 타이틀 획득 후 무하마드 알리로 개명하여 그의 시대를 열어간다.

70년대 흑백 티브이가 우리의 안방에서 사랑을 독차지하던 시절에 우리에게 큰 즐거움을 주던 프로가 스포츠다.

박이천, 김호, 김정남, 이회택, 차범근, 선수들이 그라운드를 누볐던 축구, 통쾌한 박치기 한방으로 시원함을 선사했던 김일 선수의 프로레슬링, 매주 화요일 저녁 시간이면 모 방송국에서 중계해 주던 복싱 등이다.

특히 복싱 이벤트로 세기의 라이벌전이라고 무하마드 알리와 조 프레이저의 대결이 열리는 날엔 동네 만화방 티브이 앞에는 앉을 공간이 없을 정도로 꽉 메워진 사람들로 떠들썩했었다.

무하마드 알리의 열혈 팬이 가장 많고 또, 환호하는 이유는 무거운 체중이지만 다른 헤비급 선수들에게서는 볼 수 없는 몸놀림으로 사각의 링을 누빈다는 점이다.

주로 헤비급 선수의 몸동작은 앞 상대와 마주 보며 헤드만 상하좌우 더킹 모션, 링 안을 어슬렁거리다 찬스 포착과 큰 거 한 방에 승부를 거는 스타일이 대다수다. 하지만 그는 달랐다. 그는 경량급의 전유물이었던 경쾌한 풋워크와 현란한 몸동작으로 상대의 혼을 뺀다.

숙숙 슈슈슉————————————————————
어퍼, 어퍼, 레프트, 라이트————
잽잽, 훅!

'나비처럼 날아서 벌처럼'
테니스 동작으로 연상해 보면 나비처럼 나는 과정이 리듬을 탄 풋워크이며 벌처럼 쏘는 순간은 타이밍 맞춘 임팩트가 아닐까?

하
120kg의 육중한 몸무게를
나비의 날개에 싣다니.

딱따구리의 이기심

　일주일에 한 번 주말 아침에는 동네 뒷산에 오르는데 운동 삼아 걷는 길에 사계의 변화도 느끼고 사색에 잠기면서 걷는 것이 참 좋다.

　얼마쯤 걸었을까 산허리를 끼고돌아 내리막으로 돌아서던 순간에 위쪽에서 따르르르르륵 따르르르르륵 드릴로 구멍을 파듯이 딱따구리의 나무를 쪼는 소리가 들린다.

　그 소리를 들으니 파 들어가는 몸에 구멍이 생겨도 말 못하는 나무의 심정은 어떨까 하는 생각과 함께 나무와 딱따구리의 관계가 궁금해진다.

　자연에는 상호 이해관계(利害關係)가 성립되는 동식물이 있다. 동백나무와 동백 새처럼 서로서로 도움이 되는 상리공생관계, 황로와 초식동물들은 한쪽은 이익도 피해도 없으나 한쪽만 이익이 되는 편리 공생관계, 뻐꾸기처럼 한쪽에 피해를 주면서 본인만 이익을 취하는 기생 관계다.

　인간 세상에도 여러 가지 관계가 형성되어 있는데 내가 일하는 중고자동차 매매시장에도 최소한 두 가지의 관계, 공생과 기생 관계가 형성되어 살아가고 있다.

중고자동차 매매시장의 종사자에는 차를 사고파는 매입 딜러와 남의 차를 전문적으로 팔아주기만 하는 알선 딜러가 있다. 차를 소유한 매입 전문상사나 딜러들은 직접 팔기도 하지만 알선 딜러들이 판매를 해주어 상품을 소진하는 데 큰 역할을 해줌으로서 정상적인 알선 딜러들과 차 주인과의 관계는 서로에게 이익이 되는 바람직한 상리공생관계가 된다.

　문제는 남의 차를 팔아주는 알선 전문상사나 딜러들이다. 이런 조직은 인터넷 허위 매물 사이트를 개설하여 터무니없는 가격의 미끼상품을 대외적으로 홍보하여 고객을 유인한 후 불법영업으로 사기행각을 벌이면서 고객과 심각한 마찰로 물의를 일으켜 매매시장에 큰 피해를 끼친다.

　이들은 검, 경찰의 지속적인 단속에도 불구하고 조직적으로 자동차 매매시장 내에 기생하면서 본인들의 이익만 생각하고 취하면서 상권을 서서히 파괴시키는 범죄 집단이다.

　기생충과도 같아서 이곳에서 말끔하게 사라져야 할 존재들이지만 엄연히 일원임을 내세워 여전히 불법을 자행하면서 관계를 유지하고 있는 것이다.

　나의 사회활동 일부인 테니스 클럽도 마찬가지다. 내가 소속된 클럽은 테니스를 좋아하는 사람들이 개인적인 영리와는 전혀 무관하고 순수한 마음으로 모여 행복을 추구하면서 취미생활을 목적으로 활동을 하는 공동쉼터이다.

클럽에 소속된 모든 사람들은 마음에 맞든 아니든 또 좋든 싫든 서로 간에 회원이라는 관계를 형성시켜 활동하고 있다. 가장 보기 좋은 상리 공생관계를 유지하면서, 가끔은 어쩔 수 없이 상대에게 편리 공생관계의 양해를 구하면서 알게 모르게 기생 관계로 폐를 끼쳐 가면서 말이다.

나는 우리 테니스 클럽에서 또 카페나 밴드 모임에서 어떤 존재로 기억되는 회원일까?

하산 길에 가던 발걸음을 잠시 멈추게 했던 딱따구리 소리. 날카롭고 단단한 부리로 "딱딱딱" 소리를 내며 나무껍질을 쪼아 구멍을 내는 딱따구리가 나무속 해충을 잡아먹어 나무를 이롭게 한다지만 그것도 저의 주린 배를 채우기 위함이 아니던가.

이로운 새로 알려진 딱따구리와 나무의 관계는 뭐라고 규명된 바도 없고, 딱히 알고 싶지도 않다. 개인적으로는 나무에게 그다지 이롭다는 생각은 들지 않는다.

자연의 법칙이고 본능이라지만 목적을 위해서라면 남의 사정은 아랑곳하지 않은 채 제 보금자리를 마련하느라고 나무에 구멍을 내면서 연신 쪼아대는 딱따구리 소리가 그다지 상쾌하게 들리지 않은 산행길이다.

딱딱딱
딱딱 딱딱

〈혹성탈출〉

그 영화를 티브이에서 봤던 날짜의 기억은 없지만 마지막 장면의 기억은 몇십 년이 지난 아직까지도 결말의 여운이 남아 있다.(〈혹성탈출〉은 프랑스 작가 피에르 불의 소설 『원숭이의 행성』이 원작으로 1968년 제작된 시리즈물의 첫 작품이다.)

다음은 영화의 줄거리다.

2673년, 테일러 선장(찰턴 헤스턴 分)과 승무원들은 우주선을 타고 지구로 귀환하던 중 정체 모를 행성에 불시착한다. 거의 원시인과 비슷한 인간들을 만난 일행은 곧 언어를 사용할 줄 아는 난폭한 유인원 지배 체제와 맞닥뜨린다.

이미 지구의 인간들은 전쟁으로 멸망한 상태였던 것이고 인간과 유인원의 위치가 완벽히 뒤바뀌어버린 세상만이 존재하고 있었다.

말을 한다는 이유로 다른 인간들과 분리 수용된 테일러 일행은 현 체제에 불만을 품고 있는 젊고 깨어 있는 과학자 지라와 자이어스 박사의 실험동물이 된다.

지라 박사는 테일러의 재치 있고 조리 있는 언행에 호감을 느끼게 된다. 마침내 지라 박사의 도움으로 테일러 일행은 연구소를 탈출하게 되지만 지구 귀환의 꿈을 꾸는 그들에게 엄청난 진실이 기다리고 있었다.

우주선이 불시착한 곳으로 다시 돌아가서 이 행성을 탈출하려고 했지만 불시착한 곳은 자유의 여신상이 해변의 기슭에 고대유물처럼 박혀 있는 지구였던 것이다.

탈출이란 육체적이나 정신적으로 구속된 상태에서 벗어남을 뜻한다.

테니스에서 이미 몸에 배어버려 익숙해진 동작에 새로운 변화를 시도하여 기량 향상을 꾀하려고 여러 가지 많은 노력을 한다.

가령, 잘못된 폼의 교정이나 상황에 따른 그립의 체인지(웨스턴에서 컨티넨탈 or 이스턴에서 웨스턴), 그리고 레슨 때 배웠던 동작이나 기술을 실전에서 사용해 보는 것, 특히 하수 탈출을 위해서 극복해야 하는 과제로 베이스라이너에서 네트 플레이어로의 전환은 초보자가 꼭 밟아야 하는 코스이기도 하다.

그러나 대다수의 사람들이 생각은 하지만 실행으로 옮기지 못하는 것은 새로운 시도를 함으로써 에러에 대한 걱정이 생기기 때문이다. 더 정확히 말한다면 에러로 인해 파생되는 여러 가지 상황을 사전에 염려하는 것이다.

그로 인해 생기는 자책과 파트너에 대해 미안함, 단 한 번의 실점으로만 끝나는 것이 아니라 그것이 빌미가 되어 스코어가 동점이 되고 역전의 발판이 되어 패하게 될 수도 있다는 불안감이 꼬리에 꼬리를 물게 됨으로 익숙하고 안전하게 여기는 예전 모습으로 돌아가 버리는 것이다.

변화는 곧 진화,
변화하고자 하는 의지가 없다면
〈혹성탈출〉처럼 요원한 일이 될 것이다.

AI보다 뇌가 나으려면
연구하고, 노력하고, 땀 흘리는 뇌(腦)가 되자

테니스 경기는 하얀 줄이 그어진 직사각형 코트 센터에 네트가 쳐져 있고 경기를 하게 되면 네트 건너편의 상대와 볼을 주고받으면서 득점과 실점을 염두에 두고서 스트로크 랠리를 한다.

어디로 어떻게 칠 것인가에 대한 판단은 오는 볼에 따라서 우리 몸의 컨트롤 타워인 뇌(腦)의 명령에 따라 움직인다.

상대와 스트로크 랠리 시 네트를 넘어오는 볼을 컨택하는 시점이 0.001초 빠르거나 늦으면 볼의 각도가 달라져서 원하는 방향으로 가지 않는다.

또 임팩트 순간 라켓 면이 0.01mm라도 어긋나면 정타가 되지 않거나 틱사리가 될 만큼 테니스는 예민한 운동이므로 정밀하거나 섬세하지 않으면 모든 샷이 의도대로 되지 않는다.

상대가 친 볼이 내 앞으로 다가오면 뇌가 작동을 하면서 볼의 상태를 자동으로 인지하여 판단하게 되므로 구질, 스피드나 높낮이, 방향, 각도에 따라서 취해야 할 동작이 달라진다.

볼이 오다가 어떤 상태가 되든 변화에 대한 대응은 뇌의 판단에 의해서 이루어지고 뇌의 명령에 따라 손과 발이 움직이는 것이다.

어떤 스트로크든지 상대의 리턴 볼이 적당한 높이와 속도, 치기 좋은 방향으로 날아오면 이는 '공격' 자세를 취하고, 볼의 컨택 지점이 네트 아래로 형성되면 공격보다는 '연결'로써 다음 기회를 노린다.

반대로 상대에게 찬스 볼을 허용했을 때는 상대의 강타를 막아야 하는 상황이 되므로 방어 자세를 취하며 재빨리 '수비' 모드로 전환하여야 한다.

한 경기 중에 순서 없는 공격과 방어, 연결이 리듬을 타면서 이어지고, 한 포인트 득점이 이루어지기까지는 쉴 새 없이 뇌가 작동하면서 명령을 내린다. 여기에서 중요한 것은 연습되지 않은 동작은 뇌가 인지할 수가 없어 가동을 하지 않는 것이다.

게임을 하다가 이런 상황을 겪거나 본 적이 있을 것이다. 부지불식간에 날아오는 빠른 볼에 찰나의 순간 수비가 되는 것을 본능 또는 순발력이라고 하지만 이런 뇌의 반응도 연습을 통해 반복 숙달로 다져진 실력이다.

에디슨은 천재는 99%의 땀과 1%의 영감으로 구성된다고 하였다. 요즘 만능이자 척척박사로 통하는 AI보다 나으려면 연구하고 노력하고 땀 흘리는 뇌가 되어야 할 것이다.

테니스 운전

아는 분이 타고 다니던 차를 경차 모닝에서 준중형 아반떼로 바꿨다. 경차는 여러모로 혜택과 장점이 많다. 경제성이 뛰어나고, 주행 중에는 기동성을 발휘하여 끼어들기도 용이하고, 주차할 때는 주차 라인 폭도 넓게 사용하면서 하기도 쉽다.

그분이 큰 차로 바꿔서 당혹스러웠던 경험을 얘기한다. 운전석에 앉아 보니 보닛이 길어 회전할 때 반경의 폭을 가늠할 수가 없어서 목을 길게 빼 시야를 확보해야 하고 주차 시 뒤 범퍼가 벽에 금방 닿을 듯하여 빨리 멈춰버려서 앞이 더 튀어나오는 것 등 아직 경차의 습관에서 벗어나지 못한 애로사항을 말한다.

어떤 차라도 처음으로 운전대를 잡으면 심리적으로 안정감이 떨어지면서 운전에 다소 부담이 생길 수가 있다. 그러므로 바뀐 차의 운전석과 미러 등 조절할 수 있는 장치들은 내 몸의 손과 발의 거리에 맞게 맞춰놓아야 좋다.

결국 아는 분은 큰 차로 바꿔서 탄 후에 운전이 익숙하지 않은 상태에서 골목길에서 회전하다가 모퉁이에 세워진 차와 스치듯이 닿아서 뒷바퀴 펜더와 뒷문에 스크래치가 생기고 말았다.

경차와 큰 차는 차의 길이나 폭, 축거나 바퀴 크기의 차이로 주행할 때 특히 커브에서 회전반경이 다름으로 좌우로 돌리는 핸들 조작도 달라져야 한다. 이는 테니스에서 볼의 각도와 거리나 속도에 맞춰서 스윙하는 원리와도 같다. 타구 거리에서 벗어나 큰 각도를 이루면서 사이드로 빠져나가는 볼을 처리할 때는 스윙 반경을 최대로 하여 라켓을 던지듯이 두 배의 힘을 써서 네트를 넘기는 데 전력을 다한다.

네트 앞에서 짧게 떨어지는 볼을 낚아채듯이 하는 빠른 스윙이나 빠른 속도로 오는 볼을 리턴할 때의 콤팩트 스윙은 테이크백이 거의 없는 상태에서 이루어진다.

베이스라인 근처로 느리게 오는 볼은 여유로운 마음으로 루프 스윙에 가까운 테이크백과 스윙 아크를 크게 하여 2시 방향으로 뿌리듯이 천천히 스윙을 한다.

빠른 스윙은 상대에게 수비할 틈을 주지 않지만 볼을 잡아서 천천히 하는 스윙도 상대가 발리 자세를 취하고 있을 때 긴장감을 주기에 충분함으로 찬스 볼에 오면 서두를 필요는 없다.

그 외에도 자동차를 타고서 도로를 주행하다 보면 차 운전이 테니스 경기와 비슷한 점이 많다고 느낄 때가 있다.

목적지까지 즐겁고 안전한 운전을 하기 위해서는(테니스를 즐겁게 치기 위해서는) 도로 상황이나 신호등, 차량의 흐름을 잘 봐야 하고(상대의 움직임을 예의 주시하면서 볼의 흐름을 잘 파악해야 하고), 속도를 높여 추월도 하고(시야를 확보하여 빈 곳으로 공격하고), 끼어들기로 진로도 바꾸면서(순간 판단하여 포칭) 때로는 예측 불허의 상황에 대비하여 방어운전(에러를 내지 않기 위해 조심스러운 경기 운영)을 하면서 안전하게 목적지에 도착을 해야 한다(경기를 온전하게 마쳐야 한다).

아프니까 중년이다

"아프니까 중년이다."

요즘 몸이 예전 같지 않다. 나이 들면서 나타나는 자연스러운 현상이다. 그 이유에 대하여 곰곰이 생각해 보면 가장 큰 원인은 노화고, 다음은 신체를 무리하게 사용해서 오는 결과라고 생각한다.

1년 반 전 척추 4, 5번 협착 통증으로 인한 시술, 작년 5월에 어깨 회전근 파열로 인한 봉합수술, 최근 백내장과 노안 수술까지 인체 세 곳에 의학의 힘을 빌어 고쳤다.

수술 후 몸 상태가 더 나아지려나(?) 하고 기대했다. 볼을 보는 동체시력이 좋아지고 허리 탄력이 복원되고 어깨의 파워가 증가하리라고 믿었는데 나아지는 상태가 운동에 적합한 것은 아니었다.

사람이든 기계든 내구연한(耐久年限: Persisting period)이 있기 때문에 시술이나 수술 후에 제 기능을 발휘할 수 있다고 생각하는 것 자체가 부질없는 바람이었다.

눈은 돋보기를 쓰지 않아도 되는 효과와 척추와 어깨는 통증을 완화시켜서 일상에 불편함만 없도록 해주었다. 그나마 다행이고 감사해야 할 일이라고 생각한다.

테니스 입문 후 혈기왕성했던 시기에 생기는 몸의 부상과 통증은 신체의 과다 사용으로 인한 거였고, 그때는 젊은 만큼 회복도 빨랐다. 그 시절을 보내고 중장년을 지나 초로(初老)에 이르니 누적된 피로와 함께 질병으로 인해 몸 곳곳에 이상징후가 나타나기 시작한다. 부상이라도 생길라 치면 회복 속도가 느려지는 것도 당연하였다.

얼마 전까지만 해도 이 세상에서 제일 매력 있는 운동이 테니스라고 하면서 건강이 허락하는 날까지 라켓을 놓지 않겠다는 나의 의지도 서서히 시들어 간다. 내 몸이 세월 앞에서 이토록 나약하고 무기력해지는 보잘것없는 것인 줄 깨달았기 때문이다.

해가 또 바뀌어 이제는 생로병사(生老病死)의 주기대로 가는 자연의 이치를 당연하고, 담담하게 받아들여야 하는 심정이 된다.

어쩌겠나 중년이 되어 아프기 시작하고,
아프니까 중년인 것을.

성장과 인정

이승기의 공전의 히트곡 중에
〈내 여자라니까〉라는 노래가 있다.

"나를 동생으로만 그냥 그 정도로만 귀엽다고 하지만 누난 내게 여자야
네가 뭘 알겠냐고 크면 알게 된다고 까분다고 하지만 누난 내게 여자야~"

이를 어쩌누~
누나 마음엔 아직도 귀여운 동생으로만 남아 있으니.

이제는 누나의 기억 속에 머무는 예전의 내가 아니니까 지금부터라도
나를 어엿한 남자로 인정해 달라는 애달픈 하소가 아닌가 싶다.

어릴 적에 친구 동생이면 아무리 나이를 먹고, 성장을 해도 같은 또래
의 남(男), 여(女)보다 이성으로 덜 느껴지고 편안한 동생처럼 여겨지는
것은 같이 커왔고 서로 간에 자라나는 과정을 너무도 잘 알아서 그런 것
같다.

이미 성장을 했고 충분히 어른이 되었건만 한번 각인된 모습은 왜 그

시절 그때로만 기억이 되는지. 한번 동생은 영원한 동생이라서?

블랙코미디 영화 두 편 〈이장과 군수〉, 〈신라의 달밤〉을 보면 과거의 생각에 머물러 있는 주인공과 이제는 신분이 확연하게 달라진 예전의 친구 사이에서 심리적인 충돌로 미묘한 관계가 그려진다. 옛날의 그가 아닌 친구의 변신에 놀라워하면서도 친구의 신분 상승이 용납되지 않아 애써 무시하려는 멋쩍은 장면들이 보인다.

어느 초보자의 눈부신 성장
못 본 사이에 실력이 많이 달라진 사람이 있다. 테니스가 빠른 속도로 기량이 향상되는 운동은 아니건만 저 정도의 수준까지 이르렀으면 그동안 시간과 금전적인 투자를 하면서 꾸준한 노력을 했음이 가히 짐작된다.

인간 심리의 바탕에는 상대의 달라진 위상이나 변화된 상황을 은연중에 인정하지 않으려는 구석이 있다. 그것은 이미 마음속에 굳어진 사고나 상대에 대한 고정관념이 작용하고, 달라지지 않는 본인 모습은 모르고 상대를 인정을 해주는 자체가 떨떠름해서 그런 것은 아닐까?

그들이 차지한 자리는 거저 만들어지지는 않았고, 내가 제자리에서 머무르는 동안에 생긴 변화고 진화일진대 상대가 분명 달라졌다면 그 성장을 대견해하고, 박수를 쳐주는 것이 코트에서 일어나는 아름다운 일 중의 하나라고 생각한다.

알고 보니

사랑도, 미움도 내게 있었다.

우리 클럽 회원 중 고수 한 분으로 게임 파트너 기피 대상 1호로 꼽히는 분이 있다. 오랜 시간이 흘렀지만 지금까지도 그분의 게임 매너가 고쳐지지 않은 것을 보면 아마, 그분의 천성이 그런 것 같다.

못된 매너의 예를 일일이 열거할 수는 없지만 보통 다른 코트에서도 볼 수 있는 광경으로서 악의는 없다지만 파트너 에러에 핀잔도 하고, 포지션의 범위도 넓게 차지하여 종횡무진으로 다니면서 남의 볼에 대해서도 습관적인 터치, 그리고 상대 팀 에러에 놀리는 듯 실실 웃는 등등 여러 가지다.

아무튼, 코트에서 그분의 모든 행동은 상대의 심기를 불편하게 하고 게임을 할 때 상대는 그분의 동작과 제스처에 신경이 쓰인 만큼 어깨에 힘이 들어가게 됨으로 스트로크에도 영향을 받게 된다.

한때 나도 그분과 게임을 할 때면 그랬었고 그분의 게임 매너에 대하여 그런 모습을 볼 때마다 "에이~ 이보셔~!!" 하고 소리 내어 지적하고 싫을 정도로 그 사람에 대한 미운 감정이 솟곤 했다.

지금의 나는 그분에 대한 감정은 미움보다는 '모두들 싫어하시는데 참 왜 그러실까?' 안타까운 정도로 바뀌었으며 그렇게 되기까지에는 이유가 있었다.

몇 해 전 겨울, 아버님을 저세상으로 떠나보냈던 날 나는 시골에 있었다.

부~~~ 부~~~
父~~~~~~~~~~~~~

휴대폰의 진동음마저 아버님을 잃은 슬픔처럼 가슴을 때리는데 클럽의 코치 선생님으로부터 전화다.
"어~! 형 뭐 하세요~ 빨리 나와서 한 게임해요~~!!
네에~? 서울이 아니라요? 아 네에~"

코치 선생님이 회원들에게 부고를 알렸는지 아침에 소식을 들은 클럽의 회원 다섯 분이 장례식장에 오셨다. 여기가 어디라고 서울에서 우리나라 최남단인 완도까지 장장 왕복 900km 정도 되는 거리인데 이곳까지 문상을 오시다니.

깊은 슬픔에 눈물은 흘릴 만큼 흘렸건만 아버님 영전에 향을 피우고 절을 올리는 회원님들을 마주하니 다시 콧등이 찡해지면서 눈시울이 뜨거워진다.

'고마워요 수만 형~!, 고마워 고 회장!!'
'모두 다 고맙고 고맙습니다.'

이건 또 뭐? 40명이 넘는 분들이 조의금을 냈다며 하얀 봉투를 손에 쥐어주는데 클럽 회원님들의 마음 씀이 또다시 눈물샘을 자극시킨다.

상을 치른 후 문상을 오신 분들을 기록하는 중에 우리 클럽의 회원님들 조의금 봉투가 무더기로 잡힌다. 김 ○○, 이 ○○, 박 ○○, 아니? 이 ○○ 氏가? 그분이? 생각지도 않았던 분이어서 난 믿을 수가 없었다.

세상 흔한 일에도 함께 어울리진 못할 것 같아서 모두들 싫어했고, 나도 은근히 내색하여서 클럽 내 그런 분위기 파악을 못 할 분이 아닌데 그분이?

'내가 미워한 만큼 그분도 날 미워한 줄만 알았는데 나 혼자만이 그 사람을 미워했구나.' 하고 생각하니 나 자신이 몹시 부끄러워진다.

한 가지 일로만 전부를 평가하고, 그렇게 인정하기에는 무리라고 여겨진다. 그리고 이 일은 내게 국한된 사안이고 개인적인 고마움이지 다른 분들에겐 상관이 없을 수도 있다. 그러나, 깨우침이 있다면 누군가를 미워해서 내게 무슨 도움이 되었을까 하는 점이다.

달라진 것은 그분과의 게임 시 예전과는 달리 꼭 이기고야 말겠다는 생각이 없어진 후에는 오히려 내 플레이가 부드러워졌다는 사실이다.

87

평상심을 잃은 건 누구 탓이었을까?

알고 보니 사랑도, 미움도 다 내게 있었는데.

테린이에게 고(告)할 1

요즘 전국적으로 테니스 붐이 일고 있다.

그 붐의 원인은 2013년 즈음부터 시작된 실내 테니스장의 활성화에 의한 테니스 인구 증가를 우선으로 꼽는다. 다음으로는 유명 선수 출신들의 방송 진입과 유튜브 활동, 또 sns를 통해 관심이 유발되고 배우고자 하는 열망과 레슨 의욕을 고취시켰다.

코로나19 사태로 인하여 골프 인구가 부쩍 늘었다. 이중에 젊은이들이 골프장을 찾다가 최근에 그 인구가 테니스로 전환하였다. 이들은 한정된 공간에서 네트를 사이에 두고 볼을 주고받으면서 흥미진진하게 게임을 하는 테니스의 재미에 마음이 무척 고무된다.

시각적으로 보이는 부분으로는 스포츠 패션을 선도하는 복장이 젊은이들의 눈길을 사로잡는 등 몇 가지의 시너지가 생기면서 관련 업계에서도 큰 활황을 맞이하여 테니스의 성장에 더욱 박차를 가하고 있다.

이처럼 테니스가 인기 종목으로 각광을 받으면서 모 백화점에서 열린 테니스 체험 팝업 스토어 '더 코트(The court)'가 화제가 되었다. 대대적인 행사를 연 주최 측은 차후에는 MD 개편에 반영까지 하겠다니 그 인기를 실감하는 요즘에 테니스인의 한 사람으로서 기분이 상쾌해진다.

우려되는 부분이 있다면 앞서 말한 대로 MZ세대로 통하는 젊은이들이 테니스의 매력에 빠진 이유가 뉴 트렌드로 자리 잡은 테니스 패션 때문이고, 테니스를 상대와 주고받는 단순한 공놀이로만 생각한다면 테니스의 진정한 매력도 느끼기 전에 싫증을 내거나 그만둘까봐서 생기는 걱정이다.

테니스 선배로서 후배들에게 전해주고자 하는 말이 있다면 테니스는 기본적으로 쉬운 운동이 아님을 알아야 한다.

첫째로 코트에 발을 딛기 위해서는 기술을 익혀야 한다. 실내외에서 유, 무료 레슨을 받아야 게임에 필요한 각 샷을 활용할 수가 있다.

유의할 점은 자신 있는 샷을 잘 배워서 구사하기 전에 게임만 즐긴다면 승패에 연연하게 되고 에러가 나올까 봐서 볼을 넘기기에만 급급하여 그 폼으로 굳어지면 더 이상의 발전은 기대하기가 힘들다.

중요한 것은 레슨 시와 게임 시의 폼이 달라져서는 안 된다는 것이다.(개념 없이 휘두르는 막무가내식의 샷이 아니라면 파트너의 에러를 일삼아 지적하는 상급자는 거의 없다.)

두 번째로는 테니스를 하는 동안 특히 게임 중에 나를 정신적으로 지배하는 멘털로서 내가 쌓은 기량을 십분 발휘하고 아니고는 멘털이 작용을 하고 멘털이 강하냐 무너지느냐에 따라서 연습용과 실전용으로 구분을 짓는 기준이 되기도 한다.

마지막으로는 체력이다. 타고난 체력이나 운동신경을 가진 사람은 남보다 나은 조건과 전력을 갖췄다고 본다. 평범한 사람들은 항상 기초체력(팔다리 근육과 심폐기능 강화)을 다지는 데 소홀히 해서는 안 된다.

특히 큰 대회에 나가는 분들은 예선 리그전에서부터 본선 토너먼트까지 더 나아가 입상까지 가게 된다면 나중에는 체력 싸움이라는 소리가 나올 정도로 체력이 실력의 근간이 되기도 한다.

덧붙이면 체력(근력운동 포함)을 키워야 부상을 미연에 방지할 수 있다. 라켓으로 전신을 이용한 움직임이 잦다 보니 관절 부위에 부상(팔꿈치 엘보, 손발목 무릎, 어깨 회전근개)이 오면 실력의 반도 나오지가 않고 그 자체가 본인의 실력으로 인정된다.

또 마냥 젊은 시절에 머무르는 것이 아니므로 연식에 따른 체력의 저하로 많은 변화가 생기기도 한다. 라켓의 무게나 줄의 텐션 그리고 게임의 강도나 양에 따라 조절해야 고령의 나이에도 테니스를 즐길 수가 있다.

이렇게 테니스는 기술과 멘털 그리고 체력이 삼위일체로 어우러져서 실력을 쌓아가는 운동이므로 많은 입문자들이 레슨만 받고 게임을 하려고만 한다면 준비운동도 하지 않고서 차가운 바다로 뛰어들어 수영을 즐기려는 행위와 다를 바가 없다.

테니스에 입문하였다면 최소한 테니스 복장과 룰이나 예절, 게임 시 전술이나 운용 방법을 잘 배워야 초보자들이 코트에서 진정한 테니스의 매력을 느끼면서 식지 않는 열정으로 오랜 시간 즐길 수 있는 운동으로 자리하게 될 것이다.

테니스는 입문에서 레슨 과정을 거쳐 게임에 임하기까지는 오랜 기간 이 필요하다. 많은 사람들이 하고 싶고 도전하고 싶은 마음은 있지만 시 작을 하게 되면 너무 어려운 과정들이 도사리고 있기에 진정한 테니스인 으로 거듭나기까지는 '이 운동을 계속해야 하나?' 하는 고민을 하게 된다.

그렇다면 "나는 테니스를 좋아하지만 정말 제대로 치기 위해 노력하는 것은 굳이 원치는 않는다."라고 생각을 한다면 테니스를 배우는 것에 대 하여 조금 더 진지하게 생각을 할 필요가 있다.

나는 요즘 테린이로 인해서 테니스 붐이 일어나는 현상을 그 누구보다 반기는 테니스인 중 1인이다. 테린이 여러분이 배울수록 매력의 끝이 안 보일 정도로 멋진 운동에 입문을 하였으니 모쪼록 포기하지 말고 먼 후 일에 또 다른 내가 돼 주기를 소망해 본다.

테린이에게 고(告)함 2

성취감을 느껴야만이 하고자 하는 일에 다시 동기부여가 된다. 그 성취감을 우리는 언제 느낄까?

초보자들은 성장했다는 생각이 들 때 가장 큰 성취감을 느끼는 것 같다. 그런데 정작 나의 기량이 성장했음을 느끼는 데까지는 정말 오랜 시간이 걸린다는 것이다.

파트너와 함께 타이트한 게임을 당장 해야 하는데 성취감을 그리 늦게 느낀다면 꾸준한 연습을 하면서도 동기부여도 안 되고 점점 지쳐가는 시기가 되기도 한다.

그래서 단기적으로 성취감을 얻는 순간과 장기적으로 성취감을 느끼는 순간을 나눠본다.

단기적으로 성취감을 얻는 순간은 함께 운동하는 분들의 인정이다. 모두가 나보다 상급자이므로 그분들이 인정해 줬을 때가 가장 마음이 뿌듯하고 그동안의 노력의 산물로 성취감을 느낀다.

장기적으로 성취감을 느끼는 순간은 내가 스스로 성장했다고 느낄 때다.

이것을 느끼는 데 오랜 시간이 걸렸다고 한 이유는 시간이 많이 지날 동안에 내가 한 단계 성장해야 과거의 내가 부족한 점이 그제야 보이기 때문이다.

아직 무엇이 문제의 원인인지도 모르고 방법을 찾아 헤맬 때는 잘 모르지만 과거를 돌이켜볼 때 내가 정말 성장을 했구나 하고 느끼는 것이다. 그러니까 단계별로 상수의 눈에는 중급자의 부족한 점이 보이며 중급자는 초보자의 부족한 점이 보이는 것이다.

스스로 성장한 것을 파악하려면 그만큼 스스로 돌아보는 시간을 갖는 것이 중요하다. 그래야 내가 부족한 점을 발견할 기회가 생기니까. 그래서 주기적으로 회고(복기)를 해보는 루틴을 가지는 것도 좋은 방법이라고 생각한다.

오늘의 게임은 어땠는지(특히 지는 경기에 대해), 한 주를 보내면서 기억에 남는 큰 실수는 무엇이었는지, 더 나아가서는 월간, 연말까지 성장 과정을 지켜보는 것도 괜찮다고 생각한다. 회고의 중요성은 스스로의 문제를 발견하고 개선해서 성장하기 위함이니.

아무튼 이렇게 성취감을 느끼는 것은 내가 도전하고 힘든 순간에 아주 좋은 자극제가 된다. 그것은 내가 끊임없이 기량 향상을 위해 노력을 경

주해야 할 이유이기도 하며 그 자체가 테니스에 대한 열정이자 사랑이
니까.

내 사전에 불가능은 없다?

성공을 위한 명언 16가지 중에 여섯 번째까지 글이다.

불가능, 그것은 나약한 사람들의 핑계에 불과하다.
불가능, 그것은 사실이 아니라 하나의 의견일 뿐이다.
불가능, 그것은 영원한 것이 아니라 일시적인 것이다.
불가능, 그것은 도전할 수 있는 가능성을 의미한다.
불가능, 그것은 사람들을 용기 있게 만들어주는 것이다.
불가능, 그것은 아무것도 아니다.

우리들의 마음에 격려가 되고, 용기와 희망을 주는 명언이다. 개인의 노력 여하에 따라서 신상에 변화를 가져올 수도 있겠지만 테니스장에서는 혼자의 노력만으로는 절대로 없어지지 않는 몇 가지가 있다.

게임 중에 생기는 파트너에게 하는 잔소리, 인-아웃트 라인 시비, 게임 스코어 시비, 규칙은 안중에 두지도 않고서 스스럼없이 하게 되는 습관적인 풋폴트를 말한다.

30년이 넘도록 듣고 보고 하다 보니 이 나쁜 습관들은 고치기가 힘든 불가능한 일임을 알게 되었다. 이런 상황에서 조용하게 있거나 똑같이 하지 않으면 뭔가 손해 본 것 같고 나만 바보가 된 듯하다.

이러면서도 우리들은 남들에게는 최고의 신사 운동인 테니스를 하고 있다고 자랑스럽게들 말한다.

우리들이 테니스를 하는 이유

2018 메이저 대회 호주오픈에서 정현의 4강 진출 소식은 평창 동계올림픽의 홍보 열기와 관심사를 뛰어넘어서 경이롭기까지 하다.

'세상에나.'
'오 마이 갓.'
'이럴 수가.'
'말도 안 돼.'

이제껏 우리들에게 테니스 이야기는 남의 나라 화제였다. 특히 세계 4대 메이저 대회에서 감히 넘볼 수 없었던 저 자리에 서는 것은 꿈으로만 여겼었다. 꿈은 이루어진다고 이 현실이 스물한 살의 나이로 걷고 있는 정현 선수의 현재 진행형 아름다운 도전이다.

8강전에서 토마시 베르디흐를 누르고 올라온 역대 테니스 선수 중 최고이며 테니스의 황제라고 불리는 로저 페더러 마저 이겨주길 기대해 본다.

8강전 세트 스코어 2:2의 접전을 펼친 후 마지막 5세트에서 경기 도중에 기권한 세계 1위 라파엘 나달이 출전 전에 한 인터뷰의 답변 내용이다.

"나는 그렇게 복잡한 사람이 아니다. 나는 테니스를 하면 그냥 행복해질 뿐이다."

"만약에 내가 테니스를 하지 않았다면 낚싯대를 메고서 물고기나 잡으러 다녔을 것이다."

이번 대회 정현과 함께 이변 돌풍의 주역이 되었던 테니스 샌드그렌 이름도 우연히 발음상 테니스(Tennys), 그 역시 인터뷰에서 물음에 답하기를 "제가 테니스를 안 했더라면 아마 별 실력 없는 프로게이머가 됐을지도 모른다."라고 말을 한다.

만약 내가 30년 전에 테니스란 운동을 몰랐다면 아마 시간 나는 대로 포커판에 끼어들어서 담배를 꼬나물고서 카드를 은밀하게 제치는 맛에 시간을 허비하고 있었을 것이다.

30년 전 고향에서 테니스를 배울 때 초등학교 선수들에게 이렇게 물은 적이 있었다.

"얘들아, 이 땡볕에 너무 힘들지 않아?" 하고 물었더니 이구동성으로 "아니요~ 저희는요, 테니스가 정말 재미있어요~!" 하고 대답한다.

테니스를 하는 이유는 여러 가지가 있을 것이다. 직업으로 하는 프로들, 명예를 걸고 뛰는 아마추어들, 내 건강을 위해 나처럼 코트에 나서는 동호인들, 공통적으로 말하는 것은 테니스를 하면 즐겁고 행복해서다.

정현 때문에 더욱 즐겁고 마음이 뿌듯해지는 운동, 나는 테니스가 정말 좋다.

이래서는 안 되는 거죠?

아침 운동이 좋아서 이른 아침 동트기 전 산에 오른다. 동지가 지난 지 오래됐지만 아직 차갑게 긴 어둠을 품고 있는 겨울 산 등산로를 오르면서 문득 본능적으로 무서움이 들기도 한다.

그 무서움은 오를 때보다 중턱에서 샛길 따라 가로질러갈 때 한층 더 생긴다. 마른 낙엽 밟아 바스락거리는 소리에 놀라 뒤를 돌아보게 되고, 저 멀리 모퉁이에 하얀 옷을 입은 누군가가 꼭 앉아 있는 느낌이 들어 몸이 오싹해진다.

인기척 없는 어둠 속을 걸어가면서 두리번 두리번거릴수록 공포는 더 생겨서 '이런 이런~ 무섭다고 되돌아갈 수도 없고 이럴 때 앞뒤로 지나가는 사람이라도 있었으면 좋으련만.' 하면서 한참을 가다 보니 어둠을 뚫고서 희미하게 소리가 들려온다.

"야호이~ 야호이~
어으어으어으~~~~~~~~"

오! 바짝 조여왔던 긴장감을 풀어주는 소리가 점점 커지면서 저 앞에서 오는 분이 어둠 속에서 빛을 발하는 구세주 마냥 반갑다.

평소 저음의 저 소리는 무슨 내공을 수련하는 기합처럼 울려 퍼져서 생각하고 걷는 나의 산행에 방해라도 하듯 귀에 거슬렸다. 기분까지 나빠져서 되도록이면 그분을 안 만나길 바라면서 산길을 걸었었는데 그 소리가 오늘은 천사의 나팔소리처럼 들려왔다.

코트에 보통 사람이 많을 때는 하수분의 한 게임 요청이 썩 내키지 않을 때가 있다. 어느 날 아무도 없는 코트에서 한 사람이라도 아쉬워서 기다리다가 그 사람이 나타나면 얼마나 반가운지 모른다.

나 스스로에게 '너는 필요에 따라 마음을 달리 갖는 참 편리한 사고를 가진 놈이구나.' 하고 꾸짖어 본다.

부처님 오신 날에

"참선(參禪)은 그냥 읊조리고 목탁만 두들긴다 하여 되지 않습니다. 부처님의 뜻이 무엇인지 알아야 올바른 수행을 할 것이 아닙니까?

유리창의 맑음은 안팎의 닦음으로 생기므로 1년의 반은 경전을 베끼는 일에 매진합니다. 부처님의 제자로서 부처와 간다는 것이지요."

부처님 오신 날 어느 산사(山寺)를 찾은 기자의 물음에 온화한 미소로 답을 했던 젊은 스님께서 하신 얘기다.

───────◆───────◆───────

우리는 프로 선수들의 환상적인 폼을 보면서 빈 스윙으로 연습한다. 그 목적은 좋은 자세를 만들기 위해서 따라 해 보지만 아무런 생각 없이 스윙만 수백 번 한다고 하여 될 일은 아니고 샷의 원리를 알아야 제대로 된 연습이 된다.

샷의 원리와 이치를 깨닫기 위해서는 1년의 반은 연습하는 일에 매진해야 한다. 완성도를 높여 실전에서 사용할 수 있어야 흉내만이 아닌 비로소 하나의 샷을 깨우쳤다고 할 것이다.

때문에

"사람은 능력이 모자랄 수 있습니다.
사람은 부주의할 수도 있습니다.
사람은 실수를 할 수도 있습니다. 하지만,
내 사람은 그럴 수 없습니다."

왕의 권세에 못지않은 권력자로서 한 나라를 쥐락펴락했던 신라의 미실 세주가 측근 병사의 중대한 실수에 대해 단칼에 처리하면서 했던 말이다.

게임을 하다 보면
많은 사람들, 각양각색의 사람들을
파트너로 맞이한다.

한순간의 실수도 용납하지 않는
미실 같은 사람이 파트너라면?

때문에
신라시대(新羅時代)에는 테니스장을 만들 수가

없었다는 얘기가 전해진다.

때문에
코트를 점점 멀리하는 사람이
없었으면 좋겠다.

빨간 하이힐의 욕망

하이힐은 작은 키의 단점을 보완해 주면서 각선미를 돋보이게 하고 다리가 날씬하게 보이는 장점이 있다. 때문에 하이힐을 신고서 남들에게 본인의 우월감을 나타내려고 하지만 정작 하이힐은 발 건강에는 좋지가 않다.

아킬레스건이 짧아져 발의 추진력이 감소하고, 쉬이 피로해지고 무의식 중에 몸의 균형을 잡으려다 하다 보면 부작용으로 요통을 일으킬 수도 있고 의학적으로도 많은 문제가 생긴다고도 한다.

하지만 아무리 이런 부작용에 대해서 설명을 해도 신었을 때의 돋보임이 크기에 '이때 아니면 언제 신어보냐~' 하면서 하이힐을 신고 싶은 갈망은 멈추지 않을 것이다.

테니스 한 게임

경기 중에 스코어나 게임의 흐름을 고려치 않고 멋지게 치고 싶은 한 방의 유혹. 그 마음은 부작용을 알면서 신고 싶어 하는 빨간색 하이힐의 욕망과 같은 것이 아닐까?

하이힐을 즐겨 신는 것은 개인의 부작용으로 그치지만 개인의 욕심으로 한 방을 즐기다가 무너지는 파트너십은 누구에게 하소연할까?

개념 없는 한 방이 습관적이고 그 마음을 억제하지 못하면 파트너의 마음에는 이런 글이 새겨진다.

‘............................’

달의 모양

복식경기의 포메이션은 네트를 앞에 두고 상대 팀과 마주 보면서 파트너와 사선이나 평행 진으로 진영을 갖춘다.

❖

어느 초급자가 네트 앞에서 움직이는 볼을 따라 라켓을 휘두르다가 제자리를 잡지 못하고 덩달아 파트너까지 움찔거리면서 에러가 나오는 상황에 답답함과 안타까운 마음이 동시에 일어난다.

초급자는 레슨을 통해 테니스의 기초동작은 배웠지만 실전에서 게임의 운용 방법에 대해서는 아직은 잘 몰라서 볼이 근처로 올 때마다 라켓이 본능적으로 나가면서 스윙이 마구잡이식이다.

복식경기 중에 각자 맡아야 할 자리는 나라와 나라 사이에 국경을 정하듯이 하지 않고 딱히 정해진 포지션도 없다. 다만 실력에 맞춰 진영이 달라진다. 파트너와 실력이 엇비슷하면 네트 앞에서 평행 진으로, 실력편차가 클 경우에는 사선형으로 상급자가 후위에서 전체 게임을 이끌게된다.

이때 상수와 하수는 굳이 약속이나 언급을 하지 않아도 공방전 시 다루는 볼이나 차지하는 공간의 비율도 어느 정도 구분 지어 게임에 임한다.

초보 때는 한 게임을 하면서 본인이 칠 수 있는 볼은 본인의 서브나 상대 서브 리턴 때다. 그것도 실력이 받쳐주지 않아 랠리가 짧으면 1~2구만에 포인트가 결정돼버려서 스트로크 시간이나 점유 공간이 한정될 수밖에 없다.

이런 연유로 보통 완전 초급자와 파트너 할 때 상급자는 사선형으로 후위를 맡아 70% 이상 볼을 처리하고 공간 활용도 그만큼 차지하므로 움직이는 폭이 클 수밖에 없고, 반대로 초급자는 30% 이하가 될 수밖에 없다.

여기에 승부욕에 불타는 어떤 상수가 하수 파트너를 못 믿어서 랠리 중에 여기저기서 "마이 볼~"을 해버리면 과연 하수가 처리해야 하는 볼은 몇 구나 될까?

밤하늘에 떠 있는 노란 달을 쳐다보면서 시시각각(時時刻刻)으로 변하는 달의 모양과 내가 코트에서 한 게임을 하는 동안에 차지하는 시간과 공간을 비교해 본다.

달의 자리는 애를 쓰지 않아도 시간이 흐르면 저절로 모양이 바뀐다지만 코트에서 맡아야 하는 포지션은 기량 향상을 위한 노력을 하지 않으면 맨날 그 자리에서 머물 수밖에 없다.

내가 비록 하수로서 지금 차지하는 공간이 초승달처럼 비좁지만 초승달에서 상현달이 되도록 노력한다면 동등한 반달이 되고 나와 같은 조각달을 이끌어 온달(full moon)을 만드는 날이 언젠가는 오리라고 생각한다.

노란 테니스공을 닮은 정월 대보름달을 보며 라켓에는 닿지 않아도 허공에 떠오르는 달에 스매시를 하면서 달 타령을 불러 본다.

달아 달아 밝은 달아~
이태백이 놀던 달아~

그 사랑 코트에도

갈수록 각박해지는 우리 사회에서 故 김수환 추기경님의 선종은 많은 분들에게 감동과 존경이 얼마나 훌륭하고 필요한 것인지에 대해서 생각하고 또 생각하게 만들어 준 계기가 되었다.

"용서하고, 사랑하세요."

평범한 진리의 큰 가르침을 받은 세상의 많은 사람들은 종교를 초월하여 애석한 마음으로 추기경님을 보내드렸다.

장례를 다 마친 뒤 각별한 관심을 보여준 온 국민께 먼저 감사하다는 말씀을 전하는 정 추기경의 소회를 듣는다.

"김 추기경께서 은퇴하신 뒤 10년 동안 제가 서울대교구장을 맡았죠. 좀 우스운 표현이지만 그분은 상왕(上王) 노릇을 안 하셨어요. 그래서 더 제 마음의 의지처가 됐어요…."

또, 큰일이 있을 때 간혹 김 추기경을 뵙고 "요즘 이러이러한 일이 있습니다." 하고 말씀을 드리면 "뭘, 알아서 하시죠."라며 지시나 부담을 주지 않고 그 대신 아주 은근하게 한마디만 힌트를 던져주는데 알아들을 수 있을 정도의 짧고 은근한 훈수라 방향을 잡는 데 큰 도움이 되었다고 한다.

코트에서 게임 중에 파트너에게 필요한 것은 에러가 나오면 격려요, 잘하면 칭찬이다. 경기 후 고수의 살가운 원 포인트 레슨은 김 추기경님의 은근한 힌트와 같을 거라는 생각이 든다.

I love tension

긴장을 좋은 징조로 여겨라!

감정의 컨트롤, 긴장하지 않는 묘약 같은 것은 어디에도 없으니 초조함을 즐기고, 거기에서 힘을 얻어라.

초조함은, 도전적인 마음의 한 단계 전이므로 그것을 좋은 징조라고 생각하라. 긴장된 상황에서는 톱 프로의 선수라도 초조해지게 마련이지만 다만, 그것을 밖으로 내보이지 않을 뿐이다.

초조한 상태에서는 호흡, 심박, 그리고 행동이 빨라지니 당연히 볼을 치는 타이밍도 빨라지며 에러도 잦아진다. 만일 당신이 초조함을 느낀다면, 이런 대처법을 써보라. 빨리 준비하고 목소리를 내면서(숨을 뱉으면서), 볼을 느긋하게 친다.

키워드로는 '다리는 단단하게, 상체는 느긋하게'라고 하는 편이 좋다. 또한 감각적으로 둔한 큰 근육을 사용해 볼을 치는 것도 효과적이다.

초조함의 징후를 과도하게 싫어해서는 안 된다. 초조함에서 도망가려고 하면 긴장은 계속 당신을 쫓아올 것이다.

나의 부상을 집에 알리지 마라

"좀 쉬세요~ 당분간 운동은 금물입니다~!!!"

팔꿈치가 아파 통증 클리닉에 들렀더니 주사 놓고, 물리치료 전에 의사 선생님 하시는 말씀이다.

'하긴 평생 할 운동인데 치료할 동안 좀 쉬지 뭐.'
그리하여 화창한 봄날 휴일에 엘보 부상을 숨긴 채 모처럼 나들이를 나갔다.

점심 한 끼 순댓국으로 해결하고, 강남고속버스터미널 지하상가 좌우로 즐비한 점포 사이 오가는 수많은 인파 속에서 같이 휩쓸려 매대 위 이것저것 손때만 묻히고 지상에 오르니 신세계백화점 샵마다 화려한 봄 상품들이 나와 있다.

가격 보고 깜짝 놀라 눈요기만 하고서 마지막으로 대형문고에 들려 책 한 권 산 후, 집으로 오는 길에 아내가 하는 얘기.

"웬일이야~? 날 좋은 오후만 되면 당연하듯이 코트에 가는 사람이 이

상하네? 비도 안 오는데 온종일 나랑~?

테니스 입문 후 우린 15년 동안 비 오는 날에만 외식하고, 영화 보고, 동대문시장 구경 가고, 그래 왔잖아. 살다 보니 이런 날도 있네. 호호호."

'생각해 보니 비 오는 날만 했던 바깥나들이. 그동안 나의 일방적인 이기심을 참고 견뎌준 거였구나.'

날씨 좋은 날 한 번의 외출에 이렇게 좋아하다니. 실은 엘보 부상으로 운동을 할 수 없어서 그랬는데 차마 아프단 말을 하지 못했고, 부상을 숨긴 채 좋은 남편의 모습으로 하루를 지냈다.

나의 부상이 알려지면 '그러면 그렇지.' 하는 아내의 실망이 또 하나의 통증으로 남을 것 같았다.

인생은 미완성

1984년에 가수 이진관이 불렀던 노래다.

"인생은 미완성 쓰다가 마는 편지
그래도 우리는 곱게 써가야 해
사랑은 미완성 부르다 멎는 노래
그래도 우리는 아름답게 불러야 해

사람아 사람아 우리 모두 타향인 걸
외로운 사람끼리 사슴처럼 기대고 살자."

우리는 늘 부족한 미완(未完)의 삶을 완성된 삶으로 바꾸기 위해 평생을 노력하지만, 삶의 그림을 완성시킨다는 것이 얼마나 힘든 일인지 살아가면서 누구나가 느끼는 감정이다.

노랫말 중간에 '그래도'란 말이 그럼에도 불구하고 끊임없이 노력을 강요하는 것 같아서 한없는 인생의 고달픔이 느껴진다.

내 뜻대로 살아질 수 없는 인생과 테니스를 비교할 바는 아니다.(테니스는 중도에 너무도 힘이 들면 코트를 떠나면 되므로). 좋은 인생을 만들기 위해 최선을 다해 노력하듯이 테니스 역시 운동하는 동안에는 기량 향상과 샷의 만족도를 높이기 위해서는 많은 노력을 해야 하는 것은 같다.

인생이 노력 끝에 성공을 하면 보람이 있듯이 테니스도 노력의 대가로 샷이 점점 좋아지면서 기량이 향상되고 실력도 한 단계 오르면 보람과 희열을 맛보기도 한다.

그러므로 조금씩 발전하는 나를 보면서 미완성이기에 완성을 하기 위한 노력의 여분(餘分)이 있다는 것 자체가 테니스 라켓을 놓지 못하는 하나의 이유가 되기도 한다.

볼 셋

라켓 메고 떠나는
테니스 여행

"연습을 반복하는 이유는 매번 익숙한 동작이지만
미세한 차이를 꼭 발견하기 때문이다."

"과감하자. 확실하게 이기기 위해서는 위험을 감수해야 한다."

"매는 날아가면서 자기가 날기 위해 날갯짓을 하는 것조차도
모른다고 한다. 테니스 스윙도 내가 스윙하고 있다는 자체를
의식하지 않은 채 테이크백에서 팔로스루까지 바람을 가르듯이
이어져야 한다."

"서브는 상대방의 약한 곳으로 넣어라.
서브를 넣을 때 스피드보다 깊이가 중요하다는 것을 기억해라."
－빌리진 킹

"당신이 지금 내준 포인트를 생각하면
다음 포인트를 잃게 된다."

극락행보

賞景(상경) / 경치를 즐기다

"一步二步三步立(일보이보삼보립)
山靑石白間間花(산청석백간간화)
若使畵工模此景(약사화공모차경)
其於林下鳥聲何(기어림하조성하)

한 걸음 두 걸음 세 걸음 가다가 서니
산 푸르고 바윗돌 흰데 틈틈이 꽃이 피었네.
화공으로 하여금 이 경치를 그리게 한다면
숲 속의 새소리는 어떻게 하려나."

— 蘭皐 金炳淵(김병연)

行樂(행락) / 즐겁게 노닐다

한 걸음 두 걸음 세 걸음 가다가 서니
녹색의 펜스 안에 테니스코트가 열두 면,
코트마다 즐겁고 행복한 모습은 사진으로 담지만,

심장 뛰는 거친 숨소리와 노란 공이
팡~!!! 터지는 소리는 어찌하려나.

올드&뉴, 나우

7월 내내 중부지방에 머물러 한반도 허리에 신경통을 유발하면서 지겹게도 비를 뿌려댔던 장마전선이 북(北)으로 잠시 이동한 날 일산 모임은 그야말로 축복받은 날씨 속에 평소보다 많은 분들이 오셔서 테니스와 함께 즐거움을 나눈다.

지난주에 홈 코트에서 벗어나 테니스 산책 동해 하계 캠프에 합류했던 식구들도 다시 오고, 구리시 시합에서 우승과 입상으로 만인의 축복 속에 머핀과 패스츄리를 우승 트로피처럼 흔들면서 영광의 입장을 한 인천 지역장 다같이님과 에넹님도 본다.

그리고 토끼띠 모임을 끝낸 후에 부일사람님의 안내로 일산 모임이 있는 고촌 코트로 오신 분들이 참으로 반갑기 그지없다.

'앗!'
기억도 흐릿한 오래전에 코트에서 만났던 프라우님을 본다. 당시 클레이 코트에서 나의 시선을 사로잡았던 고수의 흔적을 고스란히 간직한 채 그 날랜 모습을 다시 볼 수 있음에 옛것에 대하여 담소를 나눌 수 있음이 행복하다.

조흐리님, 매크로님, 신바람님, 테니스로 인한 좋은 인연이 오래 이어 졌으면 하는 새로운 만남에의 기대로 마음이 푸근해진다.

올드&뉴

옛것과 새것은 지금의 내가 있기에 되돌아보고 상상해 보는 것이 가능 하지 않을까? 현재에 충실하고 현재를 사랑하며 살기에 내가 누릴 수 있는 작은 특권 같기도 하다.

그러므로 나는 일산 모임에서 지금 나와 함께 비가 오나 눈이 오나 바람이 부나 테니스를 즐기는 사람들을 사랑할 수밖에 없다!

롸잇 나우~!

서경지부장 스피드님, 일산지역장 마니님과 국밥님, 유리님, 서라포바님, 중독님, 선녀님, 류박사님, 쟈칼님, 케세라세라님, 떡국짱님, 석규님, 아가시킴님, 꽁주님, 오늘도 나랑 함께해 준 분들에게 고마움을 전한다.

바람 부는 날의 기원

춘설

밤사이에 내려 산등성이 그늘 나뭇가지에 얇게 쌓인 하얀 눈이 지난겨울 보듬고서 가지 말라고 붙잡는 미련처럼 보인다.

그러게 다음 계절이 칼로 무 자르듯 곧장 오겠는가? 거기에 오는 봄 막는다고 시위하듯 소나무를 흔드는 바람까지 저리 가세하니 어디 쉽게 봄을 부를 일이 아니라 이별의 시간을 조금만 더 줘야겠다. 따지고 보면 미련도 애틋한 정(情)인 것을.

◆————◆————◆

지난 3월 첫 모임까지만 해도 봄이 왔다고 다음번엔 봄꽃보다 먼저 화사한 복장으로 갈아입고 코트에서 보자고 했는데 그 말이 아니꼬웠는지 오늘은 참으로 변덕스러운 봄날이다.

바람 불어 마른 잎 날리니 덩달아 네트도 날리고 간간이 춤을 추는 네트와 춤을 추듯 날아오는 볼을 따라 움직이는 스텝도 제각각. 인-아웃도, 포인트 관리도, 게임 스코어도, 승과 패도 바람 따라 흔들거리는 코트의 풍경이다.

중요한 것은 그로 인한 시비와 낙담이 있기보다는 가끔 어이없음에 웃고 마는, 이 핑계로 에러가 살며시 묻어지는 것도 다 바람 덕이라고 싶다.

이 즐거운 시간에 네 게임을 채우고, 한 게임 더(?) 욕심을 부려보지만 이젠 체력이 문제라서 라켓을 접고, 2층 로커 룸에서 코트의 풍경을 흐뭇한 마음으로 내려다본다.

오래간만에 와서 물 만난 물고기처럼 파득거리며 코트를 종횡무진 누비는 드래곤님, 처음으로 일산 모임을 알게 되어 산책의 매력에 젖어가는 새내기 부부,

그리고 항상 따뜻한 마음으로 손님을 맞이하고 식지 않는 열정으로 일산 모임을 이끌어가시는 정회원들과의 어울림이 봄꽃을 수놓은 여덟 폭의 자수 병풍보다 더 보기가 좋다.

우리 모두는 네트를 오가는 알 같은 볼을 무지하게 사랑하는, 부자 중의 으뜸인 알부자들이다.

며칠 깜짝 볕에 피려다가 차가운 바람결에 다시 입을 앙다문 꽃봉오리. 그러게 어디 봄이 쉽게 올라고.

더디게 느는 테니스 실력처럼 봄의 걸음이 느려서 계절에 순응하는 조

신한 마음가짐으로 다소곳이 있을란다.

일산 첫 분기대회가 열리는 이번 주 일요일에는
부디 좋은 날씨를 내려주시길 기원해 본다.

이를 어째~!!!

봄꽃이 당장 피지 않아도 무방한 것은 일산 모임에는 봄꽃보다 더 화사한 인화(人花)들이 꽃을 무색하게 하기 때문이다. 마니님, 유리님, 서라포바님, 보미님, 선녀님, 쑤니님 때문에 갓 피어나도 곧 시무룩해질 꽃들이 걱정된다.

'이를 어째~!'

이런 날에 새봄과 함께 기온이 올라 옷차림이 가벼워지니 겨우내 두꺼운 옷 속에 감춰졌던, 체지방으로 반죽이 되어 탱탱하게 부풀어 오른 나의 뱃살이 모두들 눈에 드러나 버렸다. 일산 모임에서 푸짐한 상차림 때문에 식탐을 버릴 수가 없는 내 몸이 심히 걱정이다.

'이를 어째~!'

형, 누이, 언니, 동생, 상수 하수 따로 없이 챙겨줌이 고향의 가족과 같다. 이 분위기 때문에 소속된 클럽을 등한시하여 내 이름은 잊히고 바람소리만 남는다.

'이를 어째~!'

하늘 저 높이 나는 철새들처럼 오가는 계절의 길목에서 계절은 분명 봄의 자리건만 오늘 신나게 뛰는 코트는 초여름이요, 쉬어가는 벤치는 늦가을인데 자칫 온도관리 못 하면 감기 들기 십상이니 기침 쿨럭~

'이를 어째~!'

가끔씩 실수를 하고 준비가 부족해도 그냥 애교스러운 걱정, 그다지 염려스럽지 않은 표현으로 '이를 어째~!'가 통하는 일산 모임이 참 좋다~!!

인연은 이어지고

아침 출근길 유달리 막히는 도로, 신호대기를 하는 동안에 지난 주말 장호원에서 오랜만에 만난 '테니스 마니아의 세상' 가족들 모임이 떠오르면서 이어지는 인연에 대해 생각을 해본다.

우리네 삶은 인연의 생성과 소멸이 끊임없이 반복하면서 그 시간들로 채워지고 비워지고, 이어지는 것이라는 생각이 든다. 그런 의미에서 본다면 나의 인연은 어디서부터 시작되어 지금 어느 정도 쌓여 있을까?

모든 사람들은 일생을 살아가는 동안에 많은 사람들을 만난다. 고향에서 자랄 땐 철없던 시절에 친구들과 평생 같이 할 것처럼 그렇게 살았고, 고향을 떠나 유학생활을 할 때는 타지에서 만난 학교 동창생들이 또 평생 그리할 것처럼 여겨졌다.

군(軍) 생활, 고달프고 힘들었던 이등병 시절엔 함께했던 나의 동기와는 죽을 때까지 연락을 하고 살 것처럼 하고 지냈건만 돌아보면 드문드문 잊히고 모두가 지난 과거의 아련한 추억 속의 사람들이 돼 버렸다. 그렇게 다짐하고 살았던 사람들이었건만 지금 내 곁에는 아무도 없다.

지금의 생활도 곧 과거가 될 현재이지만 시간이 흐르고 흘러 먼 후일 내 나이 육십을 넘어 그 너머로 갈 때 또다시 나를 돌아보면 내 곁에는 누가 있을까.

주변에서 함께하는 사람들, 그중에서 내 생활 주변에 남아 미래까지 나의 벗이 되어 줄 사람들을 만날 수 있는 곳, 비슷한 연령대에 동시대를 살아가는 사람들이 함께 늙어감에 코트 안팎에서 친구가 돼 줄 수가 있는 곳, 인연을 만들고 쌓아가는 여기 '테니스 마니아의 세상'이지 싶다.

테니스 봄나들이길 초대해 준 월정님과 문산님, 초대의 의미가 너무도 컸기에 감사함 또한 그 이상이었고.

테니스로 또 하나의 인연을 만들었던 장호원 클럽 회원님들, 그리고 함께했던 마니아 가족 여러분 더불어 행복했고 덕분에 즐거운 하루를 보냈다.

유유자적

偶吟(우음)
- 梁彭孫(양팽손)

"不識騎牛好(불식기우호)
今因無馬知(금인무마지)
夕陽芳草路(석양방초로)
春日其遲遲(춘일기지지)

소 타기가 좋은 줄 아직까지 몰랐는데
말이 없고 나니 이제야 알겠구나
석양이 비낀 향기로운 풀밭 길
봄날의 해도 함께 더디 더디 가고 있네"

— 『이은영의 한시 산책』

즐테(즐거운 테니스)

즐기는 테니스가 좋은 줄 아직까지 몰랐는데
치열하게 경쟁하는 대회에 나가 보니 이제야 알겠구나.

즐기는 곳에서는 이런저런 시빗거리가 생겨도
굳이 따지지 않으니 다툼이 없는 테니스의 무릉도원이라

오롯이 남은 것은 여유로움 속에
누리는 즐거운 시간뿐이로구나.

나이세럽

'set up'이란 말을 가끔 듣는다. 얼핏 알기로는 상호 간에 주어진 문제 해결을 위해서 뭔가의 구성을 마치는 일, 어떤 목적을 이루기 위해 최적의 동작 상태를 갖춰 주는 일로 알고 있다.

set up 1.
미국에서 잠시 귀국한 푼수님과 파트너 하여 게임을 한다. 나의 회전 걸린 톱스핀 포핸드 스트로크가 상대 발밑으로 떨어져 상대의 어정쩡한 수비에 찬스 볼이 생기니 네트 앞 푼수님이 깔끔하게 결정을 지으면서 저에게 외치는 말.
"Nice set up~!!"

그 후에도 게임 중에 "나이세럽~!"을 몇 번을 들었는데 발음도 참 좋으시지. 1970년도 중학 시절 시골에서 문법 위주로 공부했을 땐 "나이스 세트 업~!" 또박또박 끊어서 읽어줘야 귀에 쏙쏙 들어왔는데.

아무튼 'nice set up'은 생소하지만 '나이스 파트너'와 동의어처럼 들리며 내게 해주는 칭찬 같아서 기분이 아주 삼삼하다.

set up 2.

정성스럽게 준비된 음식과 눈높이에 맞게 잘 짜진 대진표, 맛있는 점심과 간식, 신명 나게 즐겁고 흥미진진한 게임들. 이것이야말로 우리 모임의 진정한 'nice set up'이 아닐까

set up 3.

털털하고 삭막한 남자들 틈새에서 삼미(三美) 슈퍼스타스의 두 여성분이 안개꽃 속에 피어난 두 송이 장미처럼 모임의 균형을 잡아주니 이 또한 남녀 성비의 'nice set up'이 된다.(여기서 '삼미'란 얼굴 되고, 마음좋고, 실력까지 출중한 사람을 말함.)

———◆———◆———◆———

이번 일산 모임은 어느 때보다 테니스로 인해 생기는 즐거움이 두 배였는데 이유인즉슨 '나이세럽'이란 말이 기분 좋게 남아 온종일 머리에서 떠나지를 않았기 때문이다.

출근 후….

엘리베이터 안에서, 점심 먹으러 가는 길에 심지어 화장실 소변기 앞에서 일을 보면서 나의 혀를 심하게 굴려본다.

"나이세럽~!!"

정(情)의 바다, 테산

봄은 꽃피는 춘삼월부터 시작한다지만 나의 봄은 온 누리에 따스한 볕이 내리쬐고, 그 볕에 간지럼을 타듯이 나뭇가지마다 연둣빛 아가 싹이 파릇 돋아나고, 그 바탕에 형형색색 피어나는 꽃들이 어우러져야만이 정작 봄답다.

봄다운 춘사월에 경북 문경에서 열리는 '테니스 산책 한마음 축제날 전국모임'에 참여는 2004년 천안 첫 모임 이래 2010년에 문경 그리고 이번이 세 번째이다. 자주 다닐 수 없는 아쉬운 마음을 축적해 놓으니 설렘은 몇 곱절이 된다.

부천에서 문경 가는 길 200여 km. 집에서 출발하여 영동선 강릉 방향으로 가로질러 가다가 분기점에 이르러 방향을 남쪽으로 돌린다.

시야에 펼쳐지는 풍경은 문경새재로 뻗어가는 산다운 산들이 첩첩이 봄을 그리고 있고 막힘없이 질주하는 차의 속도는 아름다운 봄을 놓치는 아쉬움을 뒤로하면서 산속으로 빨려 들어간다.

이 길을 따라서 조금 더 가도 좋으련만 어느새 아담한 소도시 문경의

샛강을 끼고 돈 순간 고가 아래 자리한 축제의 장이 눈길을 끌고 하루 전에 오신 사람들, 이제 막 도착한 사람들, 두 팔 벌려서 맞이해 주는 초대자들과 섞여서 서로서로 나누는 정겨운 인사가 앞다퉈서 피어나는 봄꽃처럼 그리하다.

테니스 산책 한마음 축제~!!
　우리의 만남이 10여 년을 넘어서니 인맥과 인정의 울타리가 자연스럽게 형성된다. 가족이 되어 함께 테니스와 먹을거리, 좌담으로 어울리는 즐거움이 얼마나 큰지 모르겠다.

　이처럼 만남의 장을 열어주시고, 그에 따른 많은 준비를 한 모든 분들께 그 고마움을 몇 줄의 글로 다 담아낼 수는 없지만 조그만 보람이라도 느끼게 해주고 싶은 마음이 간절하여 며칠이 지난 다음에 흔적을 남겨본다.

　이곳에 모인 우리들
　오래된 식구들은 묵은 정(情)을 나누고
　새로 만난 식구들은 그 정(情)의 이치를 깨우치게 하니

　테니스 산책은
　정(情)이 끊임없이 솟고, 흘러서 모이는
　정(情)의 샘, 강, 그리고 바다로구나.

행복

사람들은 어떨 때 제일 행복할까?

일에 몰입할 때,
산에 오를 때,
고요 속에서 석양을 바라볼 때,
러브레터와 선물을 받을 때,
글감이 생겨서 글쓰기를 시작할 때,
좋아하는 운동을 할 때 등등.

사람마다 기준은 각기 다 다르겠지만 공통적인 것은 내가 하고 싶은 것을 할 때에 즐거움과 행복감이 저절로 생긴다.

동네 뒷산에 테니스 코트 한 면이 있다. 원래 배드민턴장을 개조해서 만든 것이라서 제 규격은 아니다. 그래도 그 코트에서 평균 나이 60세 정도에 회원 수 열댓 분 정도의 회원들이 큰 어려움 없이 테니스를 즐긴다.

테니스 수준은 기초 실력 없이 배운 분들이 대다수이고 공중으로 높게 떠가는 볼이 네트에 걸리지 않게, 아웃이 되지만 않도록 느린 스텝과 조심스러운 스윙으로 볼을 다루는 것이 마치 슬로비디오의 화면 속 움직임 같다.

　오늘 두 달에 한 번 있는 월례대회는 12명 6팀으로 조를 짜서 풀 리그전으로 경기를 치르는데 닭도 잡고, 술도 받고, 떡도 하여 어느 시골 동네의 초등학생 운동회 날 같은, 그들만의 작은 잔치가 열렸다.

　'테니스란 운동이 저 멀리 유럽에서 건너와 코트의 분위기가 이런 모습으로 변형도 되는구나.' 생각하면서 그분들이 알면서 정해진 룰을 무시한다기보다는 다만 운동 수단으로써 어린애처럼 즐거워만 하는 모습을 본다.

　어르신들의 행복해하는 동작들에 미소 아닌 미소를 지으면서 테니스가 누군가에게 행복을 가져다주는 것만으로도 좋다면 그걸로 좋은 거라고 여겨지는 시간이다.

고향에 다녀왔습니다

건강의 섬 청해진 완도.

쾌청한 날이면 제일 높은 산에서 제주가 눈앞에서 가물거리며 보일 듯
사라지는, 다도해 리아스식 해안 따라 남서로 올망졸망 섬들로 이루어
진 곳.

고산 윤선도가 유배 길에 풍광이 너무 좋아서
호송 포졸에게 간청하여 그냥 머물렀던 보길도,

십리길 자갈밭은 구계등이라 하여 들물 날물 교차할 때
파도소리 어우러져 층층이 구르는 자갈 소리에
몸 빼앗길 것 같은 정도리,

언제나 변치 않는 모습 그대로 비룡의 여의주를 닮은
신비의 섬 아름다운 무인도 주도(珠島),

얼마나 고왔으면 발로 밟으면 운다고 하였을까?
그 모래 해변 끝없이 펼쳐진 명사십리(鳴沙十里) 해수욕장,

세월 따라 변해버린 아저씨 모습이지만 마음은 아직도 철없는 애들처럼 순박하기만 한 고향 친구들.

그리고 언제나 그리운 내 형제와 살았던, 어릴 적엔 영원히 늙지 않으실 것만 같았는데 가는 세월에 고운 모습을 내줘버린 나의 어머니가 언제나 내 마음속에 살아 계시는,

마음이 천 번 만 번 신세를 져도 부담 없는 그런 곳에 365 테니스클럽의 회원들과 함께 방문하였다.

가기 전날 밤을 설쳤던 것은 열대야뿐만이 아니라 몇 년 만에 고향을 방문하는 설렘과 몇 가지 걱정이 들었기 때문이었다.

하계 캠프지에서의 날씨가 그 첫째이고, 워낙 먼 거리라서 휴가철 오가는 길 밀리는 교통 문제와 모두의 오감과 체감을 만족시키는 여행이 될까 하는 걱정이었는데

1박 2일 동안 쾌청한 날씨였다. 가는 길에 해남에 들러서 남도(南道) 3대 진미 중 하나를 맛보고, 도착하여 여유로운 마음으로 풍광을 즐기면서 또 그 안에 내가 머무르니 여기가 무릉도원이 아닌가 한다.

코트 6면에서 먼저 우리들끼리 그리고 새로운 테니스 친구들과 함께

어울려서 즐거운 게임을 한 후에 저녁에는 바다 향 가득한 푸짐한 상차림을 받으면서 남도(南道)의 진미를 맛본다.

이튿날엔 하늘과 바다와 백사장이 어우러지는 명사십리에서 모래알만큼 수많은 추억을 쌓으면서 예상대로의 일정은 무사히 마치고 귀로에 선다.

◈──────◆──────◈

함께한 회원님들 국토 최남단인 제 고향 완도에 방문하여 다들 즐거우셨다니 제 마음이 흐뭇하고 행복한 마음으로 가득합니다.

살아가면서 가끔씩 삶이 고단할 때 오늘을 회상하면서 입가에 번지는 잔잔한 미소로 그 고단함을 밀어내세요.

밀려왔다가 밀려가는 저 파도처럼 말이죠.

2023년 11월 덕산 이벤트 스케치

출발

현재 시간 오전 7시 30분. 모두가 출발시간보다 일찍들 나와 있다. 어느 회원님께서 모임 전날 설렘으로 잠을 설쳤다고 한다. 나도 그랬고, 다른 분들도 그런 마음이었나 보다.

조금씩 상기된 표정으로 흐린 하늘을 보면서 오늘 비가 내리지 않아서 축복이라고 말한다. 내가 생각하기에는 날씨보다는 테니스로 인연이 된 우리의 만남 자체가 축복이라고 생각한다.

각각 다른 곳에서 개인 차로 출발하는 회원들도 같은 마음이라고 생각하며 모두 안전하게 목적지까지 도착하기를 기원한다.

도착과 시작

단풍철이라 차로 밀린 도로를 헤쳐서 나오느라고 예정 시간보다 늦게 도착한 테니스장은 우리들만을 위한 휴식처라는 생각이 들었다. 야외에서 운동하는데 바람과 햇빛이 없는 날씨는 연중 몇 번 되지 않은 테니스인이 제일 좋아하는 최적의 컨디션이다.

새롭게 만들어서 덕산클럽의 전용구장이 된 잔디 코트 세 면에서 365 클럽만을 위한 노란 공의 향연이 시작된다.

점심

메인으로 두부를 큼직하게 썰어 넣은 생돼지고기 김치찌개와 모자라서 아껴 먹는 고등어구이 그리고 모둠 반찬 그릇에 정갈스럽게 담긴 찬들이 점심으로 만점이다.

폐회식

야외에서 펼쳐지는 이색적인 월례대회는 남녀 각각 2개 조로 편성하여 코트마다 1승을 위한 열기가 후끈하다. 달라진 실력들은 노력하는 자의 결과, 최선을 다해 입상하고 행운상은 비입상자의 몫.

사과밭에서

붉은 우박이 쏟아질 듯 주렁주렁 매달린 사과나무 아래서 담은 한 컷한 컷은 오늘을 기억하는 추억의 앨범으로 장식되리라.

저녁

아홉을 잘하고도 마지막 하나를 그르치면 만사가 허사가 될 텐데 오늘의 마무리는 저녁 식사로 토종 돼지 목살과 삼겹살 구이를 안주 삼아 마시는 술 한 잔의 목 넘김이 부드럽다. 사골육수에 담긴 국수로 식사를 마친 후 끝으로 오늘을 기념하면서 덕산 이벤트의 모든 일정을 마무리한다.

아침나절 촉촉하게 내리는 비가 꿈처럼 지나갔던 어제의 일을 추억으로 다져준다.

하루를 생각해 본다. 똑같이 주어진 시간이지만 내가 어떻게 보내느냐에 따라서 속살이 꽉 차기도 하고 껍질만 남은 게가 되기도 하나 보다.

하루가 부족할 정도로 온천욕 일정 하나를 채우지 못했던 아쉬움이 남았지만 어제는 잘 보낸 하루였다고 자평한다.

충남 예산으로 떠나는 테니스 소풍은 보름 전부터 일기가 걱정되어 예보를 수시로 확인하지만 금, 토, 일, 월 4일 내리 장마전선이 걸쳐 있는 듯한 예보를 접하면서 일정을 포기할 수가 없어 대안까지 마련하였다.

전날까지 흩뿌리는 비가 오더니 오후부터 간간이 마른하늘도 보여 내일은 비가 오지 않는다는 바뀐 예보를 들으면서 이벤트가 열리는 날엔 날씨가 좋고 전후로 비가 오다니 이런 현상은 저 멀리서 바라보는 섬과 섬을 이어주도록 바닷길이 열리는 하늘의 기적처럼 느껴졌다.

집 나가면 개고생이라더니 다 맞는 말은 아닌 것 같다. 오늘만큼은 호강이었으니 우리들에게 주어진 이 하루가 참으로 소중하고 감사할 따름이다.

계절은 만추(滿秋), 우리가 걸어온 인생길도 늦가을로 접어들어 흘러

가는 인생 속도가 저 세월을 따라가고 있다.

테니스로 맺어진 우리들의 인연은 잘 익어간 가을을 닮아 서로가 사랑하는 일만 있고, 즐겁고 행복한 시간으로 가득가득 채우고 살아가길 소망해 본다.

내게도 이런 일이

1900년대 초 테니스가 미국 선교사에 의해 국내 처음 선보일 당시엔 코트에서 땀을 흘리며 테니스를 즐기는 사람들을 보면서 어느 양반댁에서 그랬다나?

"아이고. 이 땡볕에 뭐 한 짓이고 저런 것은 머슴이나 시키고 우리는 시원한 그늘에서 수박이나 썰어 먹으면서 구경이나 합시다~!!!"라고.

잔디코트를 달구는 폭염 속 오늘의 날씨가 그 옛날 그때처럼 무더운 날이었지만 보통 사람들과 아주 특별한 사람들이 일산 모임에서 만났다.

그늘막 안에서 시원한 냉 콩물에 쫄깃한 국수 풀어 열무지 반찬 삼아 점심으로 요기하고 디저트로 과일화채 아삭 씹고 후루룩 마시면서 중천에 떠 있는 해를 피해서 게임을 하는 것이 그저 최고련만.

모든 분들이 경기이사 꿀동이님이 호명하는 소리에 놀라 풀장 물속으로 뛰어들듯이 황급히 코트 두 면으로 나가 게임을 하면서 오히려 더위를 즐긴다.

특별한 사람들과의 만남이 있었다.

테산의 대부인 휴리미님의 섭외로 국가대표를 지냈던 신한철 감독님과 한환주님이 우리들과 함께하여 더욱 뜻깊은 일산 모임이 되었다.

오래전 우연히 장충코트에서 현역 시절의 신한철 선수의 연습 장면을 보면서 호흡도 멎은 채 침을 꼴깍 삼키고 동공을 좌우로 굴리며 감탄하면서 '죽었다 깨어나도 저런 선수와 코트에 함께 뛸 수는 없을 거야.' 했는데 오늘 파트너 하여 경기를 하다니.

산책길에 머무르다 보니 나에게도 이런 일이~
"영광인 줄 알아 바람소리~!!!"

경기 내내 매 샷마다 초보 같은 모습을 벗어나지 못하여 스스로 황송해 하면서 소임을 다할 수도 없었지만 그 자리에 서 있다는 자체만으로도 동화된 듯한 느낌이 당장은 아니더라도 후일 기량 향상에 분명 일조하리라 생각된다.

'실력이 늘지 않으면 뭐 인대라도 늘어나겠지?' 옆에서 누가 그러던데 더운 날 땡칠이처럼 이리저리 열심히 뛰어다니다 보면 하다못해 혓바닥이라도 늘어날 거라고. 거참 궁금하다. 먼 후일 셋 중 뭐가 늘어날런지.

좋은 사람들과 함께 있으면 춥건 덥건 계절이 아무리 방해를 해도 소용이 없다. 일산 모임은 언제나 따뜻한 봄이며, 선선한 가을날의 기운이 있는 곳으로서 날씨와는 상관없이 기분이 늘 그렇다는 얘기다.

멈추지 않는 시간의 흐름 속에서

"하루를 입어도 십 년 된 것 같고 십 년을 입어도 하루 된 것 같다."

내가 좋아하는 모 패션회사의 광고 카피인데 T.L.P 멤버들의 마음이 늘 변함없고 한결같음에 어울려서 서두에 적어본다.

초고속 인터넷 시대라 세태의 흐름이 3년에 한 번꼴로 강산이 변하고 세상인심도 각박해지는 요즘에 강산이 세 번 이상 바뀌는 동안 광고 카피 같은 10년 지기를 갖는다는 것은 쉽지 않은 일이라고 생각한다.

오래간만에 보는 10년 지기들이다. 면면이 정겨운 얼굴들, 하늘의 축복을 받은 날씨 속에서 코트에서 뛰는 모습들이 예전 그대로인 것 같다.

이제는 그 어느 누구도 거역할 수 없는 세월의 흐름 속에서 보이지 않는 부상(어깨 회전근 파열, 무릎관절 통증, 손목부상, 족저근막염 등등) 때문에 서로의 건강 염려가 주된 관심사가 되었다.

한방짱님이 이런 댓글을 달았다.
"좋은 시간, 행복한 시간, 새로운 시간, 찐한 감동이 밀려드는 시간이었습니다."

그날의 전체적인 정경이고 행복한 마음을 표현했지만 이 시간 속에는 과거와 현재, 미래가 담긴 듯하고 멈추지 않는 시간의 흐름 속에서 늘 행복을 추구하며 살자는 바람 같았다.

T.L.P 시월 모임을 한 후 며칠이 흘렀지만 내 머리에는 시간이 흐를수록 그날의 기억이 희미해지기는커녕 겨울 지나 독 안 깊은 곳에서 꺼낸 묵은지의 깊은 맛이 남아 있고, 은은한 장작불에 우러난 가마솥 곰국처럼 진한 우정이 배어만 간다.

'이십 년을 입어도 하루 된 것 같은'

서두에 꺼냈던 광고 카피를 되뇌면서 그러려면 우선 모두의 건강이 최고라는 생각이 든다.

함께한 행복

고가 사이로 끝없이 펼쳐지는 파란 하늘, 옥처럼 푸른 하늘에 구름마저 없으니 하늘에 바다가 둥둥 뜬 기분이다.

내 생애 쉰여섯 번째의 가을,
굳이 말을 하지 않아도 반추의 계절

돌이켜 보면 살아오면서 마냥 즐거운 날이 손꼽아 며칠이나 되었던가? 오늘이 그날 중의 딱 하루다.

내가 좋아하는 사람들과 내가 좋아하는 운동을 하면서
복(福)을 짓는 마음으로 음식을 나누며 보낸 시간들

이 시간 모두 함께함으로써 사람의 마음을 기쁘게 하는 것이 그리 어렵지 않음을 알게 되고, 또 우리가 찾는 행복도 그다지 멀리 있지 않음도 곧 알게 된다.

365일 테니스를 사랑하는 사람들, 테니스를 사랑하기만 해도 그 사람이 그냥 좋은 사람들.

a.m. 10시 30분에서 p.m. 7시 50분까지 우리는 코트에서 서로가 바라만 보고 있어도 행복이 묻어나는 사람들이었다.

엔도르핀을 솟구치게 하는 땀 흘린 후, 생맥주 각 500cc와 겉바속촉 후라이드 치킨, 그리고 정겨운 담소. 모두 함께하여 생애 기억될 만한 하루가 지나간다.

국화의 꿈을 이루다

2022년 8월에 열린 아산 '이충무공배 전국동호인테니스대회'에서 개나리부 우승자 조은재는 같은 코트에서 운동하는 오래된 지인이다. 지금으로부터 6~7년 전에 처음 코트에서 봤을 때 진지하게 또 꾸준하게도 레슨 받고 있는 모습이 참 인상적이었다.

그 후에도 국화의 꿈을 이루기 위한 그녀의 식지 않는 열정은 꾸준히도 이어졌으나 전국대회에 출전하는 동호인들에게는 가히 천재지변이라고 말할 수 있는 '코로나 19' 사태가 장기화되고 그로 인해 이루고자 했던 국화의 꿈이 무산됐던 2년이 넘는 기간은 너무도 막연한 기다림으로 이어졌다.

어둠의 긴 터널을 지나 밝은 햇살을 맞이하듯이 집단모임의 규제가 해제되자 기다림의 봇물이 터지듯이 전국 각처에서 전국대회가 개최되고 그간 쌓았던 기량을 선보이면서 테니스 성지를 찾아 순례자 길에 오른다.

수많은 예선 탈락과 본선에서의 탈락 끝에 입상권 진입도 하고 준우승도 맛보지만 다시 도돌이표 예선 탈락, 본선 탈락, 준우승, 사막의 신기루처럼 잡힐 듯 빠져나가는 국화 한 송이.

드디어 대망의 꿈이 실현되는 이충무공배 결승전 매치포인트에서 승부가 결정된 순간 주체할 수 없이 쏟아지는 눈물은 지난날들의 애환이 스치듯 지나가는 그동안 노고에 대한 결정체가 아닌가 한다.

지금도 전국의 테니스 코트마다 국화의 꿈을 그리면서 열심히 연습하는 개나리 선수들이 무수히도 많을 것이다. 구력 2년 차에 과감하게 도전도 하고 왕성하게 출전하는 황금 시기를 넘어 도전한 지가 10년이 다 돼 가고 또 넘어서도 간간이 전국대회에 나가는 분들도 계시다.

어떤 분의 모습은 구력이나 실력은 국화부 수준인데 아직 무관(無冠)임을 볼 때 국화부가 되는 일이 실력만 가지고 될 수가 없으니 그만큼 어렵다는 반증이기도 하다.

탄탄한 실력을 갖추는 것은 기본사항이며 좋은 파트너 만나기, 그날의 대진 운, 날씨, 개인 컨디션 관리, 제 실력을 끝까지 유지할 수 있는 체력 관리, 나와의 싸움에서 이겨야 하는 멘털 등.

쉽게 말해서 '실력'을 갖추고 '운(運)'도 따라야 하고, 보유한 기량을 제대로 사용할 수 있는 '정신력' 이 세 가지가 동시에 발휘되어야 비로소 국화의 꿈이 이루어지지 않는가 한다.

나는 규모가 크고 작음을 떠나 그 어떤 대회든지 우승자를 보면 참으로 대단하다는 생각이 든다. 하물며 전국대회 우승이 아니던가.

오랫동안 수고 많았던 그녀, 노력의 결실로 차지한 국화부 등극을 진심으로 축하드린다~!!

ps.
언젠가 이런 얘기를 들었다. 어떤 분은 어렵게 국화부가 되자마자 라켓을 놓고 테니스장을 떠났다고 한다. 무슨 연유가 있을 터다. 기어코 목표를 달성하고 난 후에 기쁨도 누렸지만 과정에서의 힘듦과 환멸을 엿볼수가 있는 대목이다.

어떤 이는 국화부가 된 후 실력은 거기에 못 미치면서 스스로 위상을 달리하여 무슨 벼슬아치라도 된 듯 행세하여 주위의 눈살을 찌푸리게 한다.

어떤 사람은 시간을 투자하여 후배들에게 국화부 입성을 위해 본인의 노하우를 기꺼이 전수해 주면서 진정한 테니스인으로서 자리매김을 한다.

이렇게 국화부가 된 후에 여러 형태의 사람들을 보면서 내가 그녀에게 바람이 있다면 외적으로는 누가 보더라도 국화부임을 알 수가 있으니 안으로는 겸손을 미덕으로 삼고 실력과 후덕함을 겸비하여 진정한 국화의 모습으로 후배들의 표상(表象)이 되기를 바란다.

7일 장터

시절은 만추로 가는 어느 가을날, 높고 푸른 하늘을 나는 저 철새들이 목적지를 향해 가듯이 세상 모든 시름을 잠시 접고 깃털처럼 가벼운 마음으로 일산모임 장소로 간다.

도착하니 정겨움으로 맞이해 주시는 마니 지역장, 뽕큐 경기이사와 인사를 나누면서 이것저것 준비하는 모습을 보니 이곳은 사람들이 그날을 기다리는, 7일마다 장이 서는 훈훈한 장터 풍경이 떠오른다.

큰 통 안에서 뽀글뽀글 끓으면서 마니님의 손길로 만들어가는 김치찌개는 한 끼 넉넉한 장터국밥이 되고, 추석 지나 속이 꽉 찬 찐 밤과 입안을 단물로 절게 만드는 강화도의 설탕 포도와 서라포바님의 정성이 차곡차곡 포개진 샌드위치와 가을 색으로 노릿하게 익어가는 부침개,

갈증을 해소하는 주(酒)와 음료, 그리고 여유로운 커피 한 잔 마시며 테니스 이야기, 건강 이야기, 기타 등등 세상 사는 이야기가 피어나는 정겨운 수다가 있다.

먹을거리로 가득한 그늘막 코너마다 손님들이 북적대고 고급 양탄자

처럼 깔린 잔디코트가 우리들이 라켓 들고 신명 나게 뛰는 장터 앞마당이 되니, 마냥 구경만 해도 즐거운 자리가 아닐 수 없다.

좋은 장이 서는 곳은 아무리 쉬쉬하면서 감춰도 그 소문은 모시옷에 방귀 새 나가듯이 방방곡곡에 금세 퍼지는 법.

그러기에 오늘도 이 소문난 장터에 청주에서, 성남에서, 시흥에서 오셨고 하물며 자주 참석하려고 대구에서 목동으로 이사까지 왔다는 소문이다.

일산 지역에는 7일마다 한 번씩 테니스로 열린 장이 서지만 '다음 장에는 손님맞이로 무엇을 어떻게 준비하지?' 하면서 7일 내내 고민을 하시는 분들이 계신다.

언제나 남을 위한 배려를 아끼지 않으신 마니 지역장과 일산 지역의 운영진의 희생으로 이 좋은 만남이 이어지는 것을 감사하게 생각하면서 염치 불고하고 다음 장날을 기다려 본다.

테니스 무릉도원

정명 테니스클럽의 첫 월례대회날은 봄이라고 늘 뒤치던 바람은 하늘이 잠시 재우고, 정명 숲의 사위(四圍)는 이미 봄을 품어 아늑하고 포근하다.

총 회원 31명 중 25명의 회원이 참석하여 80% 넘는 경이로운 참석률을 보인 가운데 부천시 테니스협회장, 시니어협회장, 사무국장께서 축하인사 차 방문해 주셨으니 클럽의 위상이 한층 높아졌다.

코트는 비록 한 면이지만 청백으로 나누어 총 경기 아홉 게임을 치를 대진표를 보니 하루를 알차게 채우고도 남을 테니스 잔치마당이다.

청백 대결은 오전과 오후까지 치른 결과 4대 4 동점 스코어가 되고, 마지막 팀이 승부를 가리는데 타이트 한 게임은 시소놀이 하듯이 엎치락뒤치락하면서 4-4를 이루더니 6-4로 백 팀의 승리로 끝이 났다. 처음부터 결과를 예측할 수가 없는 승부에 지켜보는 모두의 심장이 쫄깃해졌다.

아쉬움을 달래려고 메인 경기 같은 이벤트 경기로 11점 내기 오스트리안 방식 경기가 대미를 장식한다. 승자도 패자도 없이 웃음만 가득한 폐회식과 시상식, 행운권 추첨까지 이렇게 첫 월례대회를 성황리에 마친다.

풍성한 먹거리가 준비되었다. 잘 삶아져서 쫀득한 돼지머리 고기는 마셔도 마셔도 취하지 않은 막걸리를 부르고 정성껏 준비한 흑미 콩밥, 육개장, 나물, 김치, 애호박 전, 계란말이가 삼시 세끼를 채워주는 데 부족함이 없는, 십시일반으로 준비한 가정식 백반이었다.

우리 클럽에는 81세의 회원이 계시고, 오늘 새로 78세의 연세로 가입하신 분은 전국 최고령 신입회원이 아닌가 싶다. 백세시대를 꿈꾸는 정명클럽은 테니스 장수촌 1번지로서 매스컴에서 뉴스로 취재하러 올 날이 금세일 것 같다.

오늘 월례대회를 위해 협찬하시고 수고하신 이세웅, 김춘식 고문, 유화자 회장, 이병익 총무, 손택문 관리이사, 이정덕 경기이사께 감사드리며 함께한 회원님들과 더불어 행복한 하루를 만끽하였다.

머잖아 정명 계곡에 꽃향기 날리며 앞다퉈 흐드러지게 필 봄꽃들을 우리들은 또 한 번 맞이하게 되고, 테니스 무릉도원인 정명클럽에서 다 같이 오래오래 함께하길 소망한다.

벌초 벙개

서해안고속도로 하행선 따라 고향 가는 길

가을하늘은 구름 한 점 없어 더욱 파래 보이고 들녘은 황금빛으로 변해간다.

추석 명절 상차림을 풍성하게 해 줄 오곡백과가 알차게 영글어가는 뭍의 산과 들을 한참 지나니 해안선 따라 꼬불거리는 도로가 나오고 저 멀리 바다가 보이기에 고향이 가까워져 차창을 열어 갯바람을 크게 마셔본다.

다도해 리아스식 해안 따라 남서로 올망졸망 섬들로 이루어진 곳, 쾌청한 날이면 제일 높은 산에서 제주도가 가물거리며 보일 듯 사라지는 무공해 청정지역인 고향에 도착하여 그리운 형제를 만나고, 가는 세월에 고운 모습을 내줘버린 어머님께 큰절을 올린 후 점심 먹고 곧장 테니스장으로 갔다.

바닷가가 보이는 구릉 언저리에 자리한 코트 8면의 테니스장이 주말임에도 한산한 코트를 보니 이런 생각이 스쳐간다.

'도대체 테니스보다 재미있는 게 뭐가 있기에?'

아직, 아무도 나오지 않은 코트에 17년 전, 초보 시절을 생각하며 브러시로 면을 고르고 라인을 긋고 있으니 사람들이 하나둘씩 들어오기 시작한다.

반가운 인사를 나누고 면면을 살펴보니 당시 초등학교 선수였던 아이가 20대 후반의 청년으로, 패기만만했던 청년들은 완숙기에 접어드는 40대 초반 중장년의 모습으로 변하여 군(郡)의 테니스 활동에 중심 역할을 하는 핵심 멤버가 되어 있다.

1990년 테니스 입문 시 나의 살생부에 적혔던 당시의 고수들이었던 형들은 오늘따라 한 분도 보이지 않아 물었다.

"허리가 좋지 않아서 잠시 쉰답니다."
"사업상 많이 바쁜가 봐요."
"명절 상차림에 놓을 생선값이 하도 비싸서 직접 잡으러 낚시질 갔대요."

기타 사연들로 그 시절 그분들이 자주 나올 수 없는 얘기를 들으니 볼 수가 없음에 아쉬움이 가득하다. 올 사람들은 다 왔다며 나를 포함하여 10명의 인원으로 두 팀으로 나눠 오리구이 내기 이벤트 게임이 시작된다.

오늘만은 내가 최고령의 나이다. 실력은 10명 중 순위 10위 자격으로 조카, 동생 같은 고수들 틈바구니에서 오리고기 맛보기 전에 볼 맛부터 본다.

 광주에서 열렸던 브라운 배 전국대회 준우승자, 도민체전 후보, 중학교까지 선수로 활동했던 청년들의 볼 다루는 실력을 보니 파워풀한 샷만이 아니라, 노련하고 또 굉장히 쉽고도 여유롭게 치는 광경이 신선한 자극이다.

 팡팡팡————————————————————

 고수들 틈에 끼여 치른 이벤트 게임 전적 1승 2패로 세 게임을 하면서 조언도 듣고, 몇 수 잘 배웠다.

 '약한 리턴 볼도 서브&발리어를 힘들게 할 수 있다.'
 '스피드가 떨어져도 각도를 주는 서브는 리시버가 함부로 공략을 하지 못한다.'
 '상대에게 찬스 볼을 줬다 하더라도 그냥 포기해서는 안 된다.' 등등이었다.

 게임을 마친 후 친구들의 부름에 오리구이를 포기하고 가을바람 산들거리는 해변의 어느 횟집에서 회포를 푼다. 가지 수는 많지 않으나, 실속 있는 곁들이찬, 그리고 자연의 보고 청정해역에서 잡아 올린 자연산 전어와 감성돔 새꼬시가 가을 미각을 돋우니 절로 쳐지는 한 잔 술이 여러 잔이 된다.

받은 술은 여러 잔이나 술에는 취하지 않고, 언제나 변치 않는 모습으로 남아 있는 고향 정(情)에 듬뿍 취하여 오랜만에 어머님 곁에서 잠을 잤다.

다음 날 오전

테니스가방에 장비 챙기듯 벌초 장비를 챙겨 산소로 향했다. 낫으로 산소 주변 잡초를 베면서 낫 놓고 'ㄱ' 자는 몰라도, 낫을 손에 쥐니 'ㅌ' 자가 생각난다.

'낫으로 풀을 벨 때 손목 사용 시 적절한 스냅을 이용하여 타이밍을 맞춰 자르면 잘린 단면이 군더더기 없이 깨끗하게 마무리된다.'
'낫의 손잡이를 잘못 쥐면 물집이 생긴다.'
'묘 1기 벌초하는 데 한 게임 정도의 체력이 소진된 거 같다.'
'낫을 잘못 사용하면 엘보가 염려된다.'
'자외선에 얼굴이 많이도 탄다.'

모처럼의 고향 방문. 마음이 아무리 신세 져도 부담 없는 그런 곳인 고향에서 기분 좋은 벌초 벙개를 마치고 일상으로 원위치한다.

전국대회 우승을 축하하며

이번 김성희 회원의 전국대회 우승으로 우리 365 클럽이 창단 후 가장 큰 경사를 맞이하게 되었다. 그녀의 국화부 입성을 축하하면서 시간을 오래전으로 거슬러 올라가 본다.

2014년 운동하기 딱 좋은 시월의 어느 날에 젊은 여성회원이 클럽에 가입하였다. 구력도 있어 보이고 빠른 발과 공수에 따른 위치 선정도 좋고 과감한 공격 등 삼박자를 고루 갖춰서 내심 재목감이란 생각이 들었다.

그 후 3년, 오늘의 국화부 입성까지 얼마나 많은 노력이 있었을까? 식지 않는 열정이 '나는 할 수 있다~!'라는 굳센 의지를 만들고 그 의지가 에너지가 되어 팔꿈치 수술이라는 큰 부상을 당했음에도 불구하고 좌절하지 않고 극복함으로 고진감래의 결실을 맺었다.

개나리 전국대회 4강전에서 실시간 전해지는 문자 소식은 옛날에 라디오로 스포츠 중계를 듣던 그 시절의 방송보다도 더 생생한 현장 상황의 전달이었고 실시간 전해지는 스코어를 보느라고 스마트폰에서 눈을 떼지 못한 긴장과 스릴 속에서 눈시울을 뜨겁게 적시며 감동까지 전해지는 시간이었다.

그야말로 한 편의 각본 없는 드라마 전개다. 게임 스코어 5-3, 포리-피프틴 매치포인트를 먼저 잡았지만 5-3, 5-4 두 게임을 내리 내줘 5-5 타이가 되고 6-5로 역전을 허용한 후 한 게임 따라잡아서 6-6 타이브레이크를 만들고 타이브레이크에서 2-6으로 매치포인트를 내주면서 이대로 끝났는가 싶었는데 순간의 집중력을 발휘하여 3-6, 4-6, 5-6, 6-6까지 따라잡고, 시소경기 끝에 9-7로 마무리하면서 결승 진출과 함께 코트에 쓰러지는 사진이 밴드 창에 올라온다.

감동의 순간이란, 거창한 월드컵 축구경기가 아니라도 올림픽 영광의 순간들이 아니라도 방송국의 유명한 아나운서들의 열띤 목소리가 아니라도, 비록 어느 지역에서 열리는 생활 스포츠지만, 펼쳐지는 장면들이 소리 없이 전해지는 문자를 통해서, 밴드에 올라오는 작은 사진 몇 컷을 통해서 가슴 뭉클하게 전달된다.

4강전의 혹독한 과정이 약이 되었을까? 오히려 결승전이 더 쉬웠고 우승이라는 값진 결실을 맺기까지는 그 무엇보다는 본인의 열정과 집념, 끈기와 노력으로 일궈낸 장한 순간이었다.

클럽 총무의 주도로 현장으로 모여 응원해 주신 많은 회원들, 현장 상황을 박진감 넘치는 생생한 중계로 모두의 힘을 한곳으로 모아주신 박은수 회원, 메디칼 센터 역할을 해주시며 부상에 응급조치로 도움을 주신 신의 한 수 강인철 회장,

비록 응원은 가지 못했지만 손에 땀을 쥐게 하는 현장 상황 중계에 스

마트폰에서 눈을 뗄 새 없이 우승을 기원해 주신 회원들, 시합장 안팎에서 힘을 모아 주시고 모두가 열렬히 성원해 준 기운도 함께했으리라고 본다.

몬트리올 올림픽에서 양정모 선수의 승전보가 금메달을 학수고대했던 전 국민의 마음을 기쁘게 했던 것처럼 클럽 창단 이래 모두가 기다린 국화부 등극! 2017년 8월 27일은 모두가 축하해 주고 기뻐 맞이할 365 클럽의 경사로운 날이었다.

끝으로

김성희 회원의 우승은 개인적으로도 각고의 노력 끝에 주어진 보람이자 성과이겠지만 우리 모두에게 식지 않는 열정과 포기하지 않은 의지만 있다면 어떤 일이든지 노력 여하에 따라 성공이 되고 아니고의 삶의 교훈을 남기는 쾌거였다.

끝없는 성장통

시절은 말만 춘삼월,
비가 오고 바람 불어 어수선한 날이 계속되니
앙다문 꽃봉오리는 열릴 줄 모르네.

볕에게만 허락할
꽃의 고집인가.

＊―――――＊―――――＊

유난히도 변덕을 보이는 봄날, 전날 밤에 내린 비는 아침에야 그치고
원미산을 덮은 두꺼운 안개는 조만간에 화려하게 펼쳐질 진달래꽃 축제
를 신비스럽게 가려주고 있다.

원미산 자락에 위치한 부천종합운동장의 테니스 코트에서 열리는 부
천시 관내 시합의 첫 대회인 '화사랑 배 단체전'은 요즘 테니스 열기를 반
영하듯이 작년에 비해 많은 팀이 참석하였다.

오래전에는 대외적인 경기에 출전하면 긴장감이 생기고 게임 전에 긴

장도도 높아졌다. 이제는 이런 규모의 대회 분위기에 익숙해진 탓인지 아니면 나이가 듦으로 나타나는 현상인지는 모르겠으나 조금 무디어진 것이 사실이다. 이는 마치 세상을 많이 살아본 사람들의 경험치에서 우러나온 느긋함 같은 것일 수도 있겠다.

개회식에서 사회자께서 정치인들이 대거 참석하여 자리를 빛내 줬다고 떠든다. 그들은 왜 이때만 되면 나타나서 시간을 뺏고 번거롭게 하는 것일까? 신성한 스포츠 마당에 와서 해대는 수작질이 가소롭기 그지없다.

8년 전에 당시 현역 의원이 테니스장으로 선거운동을 하러 왔는데 공공 체육시설 사용 시간에 대하여 동절기와 하절기에 효율적으로 사용하기를 건의한 바가 있었다.

그 당시 선거운동 때는 뭐든지 다 들어줄 것처럼 하였는데 지금까지도 반영이 되지 않고 있다. 비용이 발생하는 일도 아닌데도 말이지. 건성투성이인 그들은 당선되면 우리들 눈앞에서 사라지는 특권층일 뿐이었다.

개회식이 끝나고 참가 클럽들은 각기 배정받은 코트로 가고 우리 팀이 속한 조는 우연인지는 몰라도 마침 집행부에서 배려하여 조를 편성해 주었는지 13번 코트에 모인 세 클럽은 비슷한 연배로 보이는 시니어분들이었고, 각자 클럽은 모두가 속으로는 이 정도면 해 볼 만하다는 계산을 했는지도 모르겠다.

1차전 상대 복사골 C팀의 전력을 살펴보니 폼도 정석이 아니고 볼 스피드나 파워도 그냥 오랜 구력으로 다져진 실력을 보여서 저 멀리 유럽에서 건너온 테니스가 한국에 와서 동호인 레크리에이션으로 변형되었다는 생각이 들었다.

1차전 오더는 그런대로 잘 짜졌고 첫 경기는 선전했으나 경험도 부족하고 역부족으로 1패를 한 상태에서 나는 두 번째 경기에 임했다. 상대 팀은 내가 공략하기에 알맞은 전력이라고 여겼지만 역시 구력은 무시할 수가 없었다.

첫 게임을 딴 후 비교적 순조로운 출발이었다. 팽팽하게 맞선 게임 스코어는 2-2 동점, 다시 나의 서브를 잡고 3-2에서 4-2로 벌릴 찬스를 놓쳐 3-3이 되자 승기는 상대 팀으로 넘어간 듯 스코어는 단숨에 3-5 포리 피프틴 매치 포인트가 돼버린다.

마음을 비우고 차분하게 대응하여 노애드에서 한 게임 따라잡아 4-5, 5-5 타이브레이크까지 가게 되고 타이 7-4로 1승을 챙긴다. 이런 상황은 대회에 나가 보면 어느 누가 됐든지 자칫 방심(?)하면 생기는 역전 드라마로서 우리 팀이 짜릿한 희열을 맛본 경기였다.

2차전도 해볼 만한 클럽이었는데 두 팀이 석패하여 예선전은 전패로 탈락하였다. 늘 그렇듯이 게임 후에 게임 복귀와 함께 승패를 떠나서 정작 만족할 만한 경기를 하였는지에 대해 스스로에게 반성의 시간을 가져 본다.

171

이번 대회에서만큼은 나의 기량을 제대로 발휘하였는가?

역시나 아니었다. 몸 상태가 정상이 아닌 것은 차치하더라도 테니스의 기본 중의 기본인 포핸드스트로크가 정말 마음에 들지 않았다. 포핸드 감이 잡히지 않으면 일단 자신감이 결여되어 모든 샷에 영향을 미친다. 스피드나 파워도 떨어지고 원하는 곳으로 볼을 보내지도 못하는 무용지물의 상태는 나 자신만이 아는 느낌이었다.

난 늘 궁금하였다. 그 궁금증은 내가 부단한 노력을 함에도 불구하고 아직까지도 내가 원하는 샷의 완성도가 떨어지는 것에 대한 미스터리다. 특히 포핸드에 대한 만족도를 느끼지 못하는 것은 대체 무엇이 문제일까? 이 미스터리에 대한 해법은 정녕 없는가에 대한 연구는 아직도 진행형이다.

테니스 라켓을 잡은 지도 어언 35년이 되었고 청년부, 장년부, 베테랑부를 거쳐서 시니어부로 진입을 하였다. 긴 세월이 지나는 동안 크고 작은 대회에 참가도 했지만 참가할 때마다 항상 숙제를 안고 온다.

숙제란 30여 년 동안 테니스를 했는데도 아직도 결핍을 느끼고 있으니 성장판이 아직 다 닫힌 것은 아닌 것 같다. 그렇다면 내가 완성시키지 못한 샷, 특히 파워 있는 포핸드스트로크의 완성도를 높이기 위해서 마지막까지 노력을 경주해야 하는 충분한 이유가 된다.

테니스는 해도 해도 어렵지만 평생 공부를 해야 하는 즐거운 숙제라는 생각이 들었다.

테니스 마니아의 세상, 온양 나들이

'실컷'이란 말이 있다. 실컷 게임하고, 웃고, 먹고, 마니아의 정(情)을 나누고 이렇듯이 실컷은 온양 모임에서 마니아들이 즐거운 하루를 보내면서 '여한이 없다'로 비교되는 가장 적합한 단어가 아닌가 한다.

3월 하순의 어느 날, 어제의 강풍이 훈풍으로 바뀐 맑고 파란 하늘에서 내리쬐는 따사로운 봄볕을 가슴으로 안으며 가벼운 마음으로 온양으로 향하는 테니스 소풍 길이다.

화창함을 넘어 봄 햇살에 눈이 부신 경부선 하행선 주변에는 이제부터 줄지어 피어날 모든 꽃들의 축제가 손에 잡힐 듯 바로 앞에 있지만 꽃보다 먼저 우리가 봄의 전령사 되어 팝 그룹 'ABBA'의 싱그런 음악처럼 봄을 터트리러 간다.

"You can dance you can jive
Having the time of your life
Oh see that girl Watch that scene
Dig in the dancing queen~"

오전 9시를 조금 넘어 천안을 지나 목적지에 이른다. 강변 둑길 아래 녹색 펜스와 황톳빛 코트의 대형 테니스장이 눈에 들어오고 본부석엔 준비 상황을 최종 점검하느라 수고가 많으신 허리케인님과 레인보우님 그리고 박가이버님이 일착한 서울 팀을 정겹게 맞이하여 준다.

이어 부천에서, 일산에서, 서산, 당진의 마니아님들이 속속 도착하고 현지 분들이 동참하니 세리님의 사회로 온양 모임이 시작된다.

주인장 카리스마님의 인사말, 운영진의 소개, 온양님들과 마니아님들과의 상견례에 이어서 오늘 모임을 주관하신 박가이버님이 게임 방식을 소개한다.

봄 이벤트답게 동백꽃, 진달래꽃, 산수유, 복사꽃으로 이름 붙여진 4개 조로 편성하여 동백꽃 조를 제외한 나머지 조는 혼복 팀으로 구성되어 화합을 다지는 테니스 잔치를 펼친다.

화창한 봄날에 아산만에서 날아든 철새 떼도 우리의 모임을 축하라도 하는 양 무리 지어 창공을 날고 코트마다 마니아님들의 힘찬 파이팅 소리가 하늘로 높게 퍼지며 구광님의 카메라에 담겨서 이렇게 오전 시간이 지나간다.

점심시간에 차려진 음식을 보면 준비한 사람의 마음을 알 수 있다. 게임 전후 영양 보충으로 삶은 계란, 귤, 바나나, 각종 과자류와 커피와 음료, 입맛대로 골라 먹으라고 준비해 놓은 간식들.

점심으로 준비한 사골 뭇국의 담백함과 손수 담그신 열무와 배추김치가 어우러진 맛이 일품이었고 거기에 곁들인 인왕산님이 가져오신 포도주와 김포 작은미소님의 감주가 감칠맛으로 점심 메뉴의 꽃이 되었다.

점심 후 청백전으로 이어지는 게임들, 게임과 담소로 사랑과 우정을 나누고 또 이어지는 번외 게임들, 정말 내가 좋아하는 사람들과 승패를 초월한 테니스 게임이 원 없이, 지칠 때까지 이어진다.

평상시 삶에 지친 일상을 살아가는 우리들이지만 이 순간만큼은 모든 사람들의 마음에 그늘을 찾아볼 수가 없는 밝고, 군데군데에서 터지는 웃음 속에 해맑은 모습들을 보고 있으니 근심과 걱정은 잠시 내려놓은 듯하다.

이제 마치는 시간으로 공식 일정이 끝나자 아쉬움 속에 서로서로 석별의 정을 나누며 잘 가시라는 악수 끝에 전달되는 온기가 아쉬움의 정도를 나타낸다.

밀려오는 아쉬움을 접고 테니스장을 나서며 아산만으로 주꾸미와 조개구이를 먹으러 가는 길에 바로 옆 염치라는 동네를 지나면서 너무도 수고 많으신 허리케인님, 레인보우님, 박가이버님 그리고 그곳에서 뵈었던 여러분들의 환대에 염치없는 마음 불구하고 저 멀리 서해로 지는 낙조를 향해 차를 몰아간다.

내 삶의 좋은 추억은 테니스를 할 때만 쌓여가는 것 같다. 온양의 모든

님들 덕분에 마니아님들과 함께 즐거운 시간을 보냈고, 이 끈끈한 정은 4월 정모에서도 계속 이어지리라.

'24 365ET BAND 하계 캠프 후기

1980년도 초 공전의 히트로 디스코 열풍을 일으켰던 '연안부두'란 노래가 있다. 당시의 가사 "어쩌다 한 번~ 오는 저 배는~"를 생각하면 왠지 구슬프고 애잔하다.

지금은 정기 여객선이 섬 주민이나 관광객을 싣고서 목적지로 향하는 출발지이자, 주변 섬을 일주하고 돌아오는 사람들이 붐비는 항구이며, 인천 연고 모 프로야구단이 응원가로 힘차게 불러서 활기차기까지 한 인천항 연안여객터미널이다.

365ET BAND의 여름 하계 캠프 지역은 인천의 아담한 섬 자월도로 정해졌고 캠프에 참여한 회원들은 정해진 날짜 출발시간에 맞춰서 연안부두로 모였다.

표정을 보니 바다 건너 처음 가보는 섬에서 좋아하는 테니스를 한다는 생각에 고무돼서인지 설렘을 감춘 상기된 모습들이고 손에는 무거운 짐들을 들고서 축지법을 썼는지 가벼운 발걸음으로 날듯이 승선을 한다.

올여름은 가끔씩 종잡을 수 없는 날씨였지만 오늘만큼은 바람 없는 바다는 잔잔한 호수로 배는 수면을 다림질하듯이 한 시간 남짓 스쳐 지나서 목적지인 자월도에 도착한다.

안내자는 밴드의 이규택 회원의 지인으로서 우리들을 쌍수로 환영하여 구부러진 해안로를 따라 최종 목적지인 테니스 코트까지 안내를 한다.

오는 도중 차창 저 멀리 보이는 바다는 썰물로 갯벌이 드러난 해안선이 한 폭의 수묵화처럼 펼쳐져 있고 갯벌에는 게와 낙지 바지락이 바삐 움직이는 소리가 들린 듯하다.

테니스장 문을 열자 잔디 코트 두 면이 작열하는 태양 아래 반긴다. 길 건너 바로 앞에는 아담한 해수욕장의 모래 해변이 발끝을 간지럽히니 이런 곳이 또 어디 있으랴. 내가 테니스 투어 다닌 이래 최고의 장소가 바뀌는 순간이다.

우리들이 찾아온 하계 캠프 장소에 대하여 누군가가 "그곳 어땠어?" 하고 물어본다면 나는 "당신이 무엇을 상상하든 그 이상이다."라고 서슴없이 대답해 줄 것이다.

a.m. 9:32
벌써 두 면의 잔디 코트에는 노란 공이 오가며 하계 캠프의 첫 시동을 건다. 새로운 사람들의 볼 맛은 늘 그런 것처럼 긴장 속에서 상호 동시에 느끼는 신선함이다.

섬 깊숙이 숨어 있는 맛집에서 꿀맛 같은 점심을 먹은 후 중천에 뜬 해가 넘어가기를 기다리면서 조개를 캐러 가는 사람, 수영을 하는 사람, 각자의 시간을 즐긴다.

p.m. 3:45

올해 처음으로 잡힌 꽃게가 삶아져서 상 위에 오른다. 그 맛 또한 일품으로 짭조름하면서 달달한 게살 맛에 무한정으로 손이 가고 게딱지에 부은 소주는 몇 잔을 들이켜도 취할 길이 없다.

숯불에 구어 기름기 빠진 삼겹살이 햇반과 김치와 어우러져 새로운 삼합이 즉석에서 탄생하고 밖에는 조금씩 낮아진 기온에 교류전 같은 친선 경기를 몇 게임씩을 했는지조차도 기억이 나지 않을 정도다.

다음 날 자월도의 아침은 해변의 갈매기와 인사를 나누면서 해가 차오르기 전 테니스 경기로 하루를 연다.

시원하고 얼큰한 바지락국에 한 수저 말아서 먹는 아침밥이 비록 걸인의 찬이라도 황후의 밥이 되고 곁들인 해삼으로 몸을 보양하니 피곤함은 썰물처럼 빠져나간다. 찬거리 없이도 점심까지 행복 밥상을 차려준 조관섭 총무께 감사한 마음이다.

전날 아홉 경기로 무리해서인지 육신이 나른하여 배가 떠나기 전까지는 휴식 중에서 휴식을 취하면서 이제 떠나왔던 곳으로 다시 돌아갈 준비를 한다.

연안부두로 떠나는 배에 올라 아쉬움을 뒤로하면서 자월도와 점점 멀어진다. 이곳에서 보냈던 이틀간의 여정은 우리가 살아왔던 인생길에서 두 번 다시 오지는 않겠지만 영원히 잊지 못할 추억만은 가슴속에 깊이 간직될 것이다.

인천 자월 테니스클럽 회원님들

자연이 빚은 그대로 가공되지 않고 아담한 섬만큼이나 소박한 분들이었다. 테니스 인생 36년 동안 수많은 사람들을 만났지만 맑은 심성이 그대로 드러나는 분들을 만났다는 것도 행운이라고 생각하면서 모두의 환대에 진심을 담아서 고마움을 전한다.

볼 넷

읽으면서 알게 되는
상식과 기술

"게임 중에 파트너에게 잔소리하여 에러가 줄 거라고 생각하는 것은
잔소리하는 자의 큰 착각이다."

"좋은 볼은 과욕을 부르고 과욕은 같은 실수를 반복하게 한다."

"눈에 힘을 줘도 힘이 들어간다. 힘을 빼는 게 힘이다."

"고수는 내 기량의 한계까지 발휘해야 한다는 생각을 하고서
완벽한 플레이를 할 수 있도록 집중해야 하며
그 완벽한 플레이를 아주 오랫동안 유지해야 하는
능력이 있어야 한다."

"내 인생에서 가장 큰 기쁨은 다른 사람들이
불가능하다고 말하는 것을 해내는 것이다."
– 노박 조코비치

"윔블던 결승전에서 페더러와 두 번째 세트를 끝내고 나니
전광판은 내가 세트 스코어 2-0으로 이기고 있다고 했다.
하지만 내 마음속은 여전히 0-0이라고 말하고 있었다."
– 라파엘 나달

테니스의 유래

원래 테니스는 골프보다 훨씬 귀족적인 스포츠였다. 스코틀랜드 목동들이 목초지에서 바람 맞으며 하던 게 골프라면 테니스는 12세기경에 프랑스 귀족들이 실내에서 우아하게 즐기던 것이다.

'주드폼(Jeu de Paume)'이란 경기가 그 원형이다. 프랑스혁명을 촉발시킨 그 유명한 '테니스코트의 서약(1789)'도 사실은 국왕이 회의장을 폐쇄하자 베르사유 궁전 내 주드폼 경기장에 삼부회 의원들이 모였던 것이다. 주드폼은 라켓 대신 손바닥(paume)으로 공을 쳤다. 귀족들의 놀이다 보니 동작에 범절이 있었다.

처음 공을 치면서 상대에게 "받으시오(Tenez)"라고 인사말을 건넸다. 그 말을 영어식으로 읽어 테니스(Tennis)란 이름이 붙게 됐다. 오늘날 시속 200㎞나 되는 공을 가장 구석진 자리에 무지막지하게 날리면서 '서비스'한다고 말하는 모순도 여기서 나왔다.

프랑스 귀족들은 고상하게도 점수를 세는 데 시계를 이용할 줄 알았다. 시계를 4분의 1로 나눠 한 점 얻을 때마다 15분씩 바늘을 옮겼다. 15, 30, 40으로 계산하는 방식이 그래서 생겼다. 그런데 왜 45가 아니라 40

이냐고? 45로 하다 보니 듀스가 될 때 놓을 자리가 없었다.

앞으로 한 칸 당기니 자연스레 문제가 해결됐다. 점잖은 귀족들이 '15 대 빵'이라는 표현을 쓸 수가 없었다. '0'이 계란을 닮았다 해서 '뢰프 (l'oeuf)'라 불렀다. 이것이 영국으로 건너가 '러브'가 됐다. 테니스장에 난데없는 사랑 타령이 등장하게 된 연유다.

이렇듯 오래전에 서양에서 전해진 테니스는 1877년 윔블던 대회, 1896년 제1회 아테네 올림픽경기에서 채택되면서 널리 보급되었다. 우리나라 테니스의 기원을 살펴보면 1883년 5월에 부임한 미국의 초대 공사 푸트에 의해서 도입되었다. 미국공사관 직원들과 개화파 인사들이 테니스를 즐겼던 것으로 나와 있다.

또 다른 문헌에서는 국내에 테니스가 처음 전래된 것은 1885년 거문도로 나와 있다. 거문도 점령 사건이 일어났던 그 당시 영국군이 들어와 진지를 건설하면서 테니스장도 함께 지었기 때문에 국내 최초의 테니스장 '거문도 해밀턴 코트'가 바로 거문도에 있다.

영국군들의 점잖은 매너와 태도로 인해 거문도 주민들과 영국군들의 관계는 상당히 우호적이었고 이러한 과정에서 영국군들이 거문도 주민들에게 테니스를 전수해 주었다고 한다.

한국 최초의 테니스 동호회는 1908년 2월에 탁지부(재무) 관리들이 결성한 회동구락부로 알려져 있으며, 최초의 공식 경기는 1902년 서울—제

물포 도시 대항 챌린저컵 테니스대회다. 그 후 1927년 9월 24일 열렸던 마이니치 신문 경성지국 주최의 선수권 대회가 열렸고, 이 대회 후에 경성사범학교 등 학교를 중심으로 론(lawn) 테니스가 보급되기 시작하였다.

전장과 무기 그리고 준비

    테니스 코트는 표면(서피스)의 소재에 따라 세 종류로 나뉜다. 프랑스 오픈의 클레이코트와 윔블던 대회의 천연 잔디코트, 그리고 호주와 US 오픈의 하드코트이다. 단식경기든 복식경기든 승패를 두고서 상대와 붙는 대결의 장이다.

    테니스의 진입 장벽은 동작마다 익혀야 할 어려운 기술이다. 상대와 볼을 주고받을 때 스트로크의 기술은 전장에서 내가 보유해야 할 무기들이다. 승리를 위해서는 끊임없는 연구와 노력으로 성능을 개선하여야 한다.

    포핸드스트로크: 오른쪽 방향으로 오는 볼을 타구하는 동작으로 테니스의 기본 중의 기본이다. 게임 중 70% 이상 사용한다.

    백핸드스트로크: 왼쪽 방향으로 오는 볼을 타구 하는 동작으로 최근에는 투핸드가 대세이다.

    발리: 서브나 어프로치샷 후 네트로 적극적으로 대시하여 볼이 바운드

되기 전에 치는 샷으로써 상대를 압박하는 수단으로 사용하며 주득점원이 된다.

로브: 위기 시 수비하기 위해서 볼을 높게 띄워 시간적인 여유를 벌며 때로는 공격적으로 예기치 않게 상대의 배후를 찌르기 위한 샷이다.

스매시: 상대방이 로브를 할 때 공중으로 뜬 볼의 궤적을 강하게 끊어 내서 포인트를 올리는 샷으로써 테니스의 꽃이라고 한다.

서브: 경기를 시작하는 첫 순서다. 첫 공격이기도 하며 내 차례에서 한 번 넣을 때마다 두 번의 기회를 갖는다.

리턴: 상대의 서브를 받거나 스트로크를 하면서 상대의 볼을 받아치는 동작이다.

좋은 스트로크는 좋은 자세에서 나온다. 이상적인 풋워크를 위해서는 상대의 볼에 대한 예측(속도, 각도, 높낮이, 구질, 거리)을 잘해야 하며 빠른 발로 준비를 제대로 함으로써 최적의 스탠스가 만들어진다.

* 앞의 글은 테니스를 잘 모르는 분들이나 입문자가 필히 갖춰야 할 기본동작을 정리했으며 글 제목에서 신성한 스포츠인 테니스를 전쟁 상황으로 비유하여 다소 맞지 않은 표현을 하였다.

게임 스코어를 기억하자

테니스 스코어를 부르는 방법은 다른 스포츠 경기와 달라서 복잡하고 어렵게 생각하기 쉬운데 실제로는 전혀 그렇지 않다. 차이점은 포인트의 점수를 부르는 방법이다. 0점을 러브, 1득점 시 피프틴(15), 2득점 시 서티(30), 3득점 시 포티(40)라고 부른다.

테니스 경기는 쉽게 설명하면 포인트, 게임, 세트, 매치 순으로 구성되어 있다. 4포인트를 먼저 얻으면 1게임을 이기게 되며, 6게임을 이겨야 한 세트를 획득하게 된다.

테니스 매치는 3세트, 5세트로 구성되고 각각 2세트, 3세트를 먼저 획득해야 경기에서 승리하게 된다. 여기서 포인트 스코어가 40:40인 경우 듀스가 된다. 듀스일 경우 연달아 2포인트를 얻어야 게임에서 이긴다. 게임의 경우에도 마찬가지로 게임 스코어 5:5가 되면 듀스를 적용하여 2게임 앞서 나가는 사람이 세트를 얻게 된다.

테니스 스코어를 부를 때에는 서브권 선수의 포인트를 먼저 말한다. 그래서 듀스인 상황에서 서브권인 선수가 포인트를 올리면 어드벤티지 서브, 리시버(서브를 받는 선수)가 포인트를 올리면 어드벤티지 리시브라고 한다.

이러한 듀스 시스템이 좋은 것만 있는 건 아니다. 실력이 대등한 선수들이 붙게 되면 듀스로 인하여 경기가 무한정으로 계속되고 선수들의 체력이 떨어지게 된다. 이를 방지하기 위해서 타이브레이크 시스템을 도입했다. 타이브레이크 시스템이란 게임 스코어가 6:6일 때 '0, 1, 2, 3' 순으로 점수를 매겨서 먼저 7포인트를 득점하고, 상대와 2포인트 이상 차이가 나야 승리하게 된다.

여기까지는 테니스 선수나 관중 모두가 게임을 하거나 경기를 올바르게 관전하기 위해서 기본적으로 알아야 할 테니스 상식이다.

보통 프로 테니스 경기에서 남자 경기는 5세트 중 3세트를 여자 경기는 3세트 중 2세트를 먼저 획득해야 승리한다. 그렇지만 우리나라 동호인 복식경기는 주로 단 세트를 적용하고 듀스에서도 경기 시간을 단축하기 위해서 곧바로 노애드를 적용하여 경기를 진행한다. 이것은 우리의 형편에 맞게 변형시킨 경기방식이어서 옳다고 여겨지지는 않는다.

"현재 게임 스코어가 몇 대 몇이지?"
우리들은 경기 중에 가끔씩 스코어를 잊어버리곤 하는데 사람에 따라 빈번하기도 하고, 아니기도 하지만 습관이 되어서는 곤란하다.

대외적인 시합에서는 양 팀 게임 수의 합계가 홀수일 때 앤드(사이드) 체인지(코트체인지는 틀린 용어임)를 하기 때문에 스코어를 기억하기 쉽지만 동네 클럽에서 체인지를 하지 않고 게임을 하는 경우에 종종 스코어가 헷갈려서 사소한 시비가 생기기도 한다.

게임 스코어를 잘 기억해 두는 것은 발생한 시빗거리를 명쾌하게 해결하기 위한 목적도 있지만 중요한 것은 전체적인 게임의 흐름을 파악하고 운영관리를 위해서이다.

게임의 결과는 진행 과정의 마지막 산물일 뿐이다. 진행 중에 스코어 관리가 매우 중요하고 6게임을 선취 득점하기 위해서는 첫 게임 포인트부터 관리에 신중을 기해야 한다.

가령 0–1로 뒤지고 있을 때는 1–1 균형을 맞추기 위해 노력을 하고 3–0 리드 상항에서는 한 게임을 더 따내어 게임을 안정적으로 이끌어가려고 해야 한다. 반대로 리드를 당할 때는 한 게임이라도 따라가서 1–3을 만든 후 다시 시작되는 첫 서브에서 기필코 한 게임을 더 잡아 2–3으로 추격을 한다는 등 끝까지 포기하지 않는 인내력과 집중력을 배울 수 있다.

또한 4번을 이겨야 1게임을 따고 6게임을 1세트로 묶어 놓은 것, 동점 상황일 때 진행하는 타이브레이크 룰, 이런 구성은 매 포인트에 집중하도록 되어 있어 벼랑 끝 매치포인트에서도 다시 기사회생할 기회를 잡을 수도 있다.

이렇듯 머릿속에 게임 상황판이 그려져야만 게임 진행과 득실에 따라

작전을 수립하고 긴장과 여유로움 속에서 완급을 조절하고 집중할 수가 있다. 이것이 스코어를 기억하면서 게임에 임해야 하는 이유이다.

하수와 고수 그 사이
공격할 때

하수는 힘으로 공격하려고 하고,
고수는 스피드로 공격한다.

하수는 힘으로 강하게 공격하려고 하고,
고수는 스피드로 빠르게 공격한다.

하수는 힘으로 공격하려다 실수하지만,
고수는 상대가 미처 준비되지 않았을 때
코트를 빠르게 지나가게 하도록 노력한다.

가볍게 빠른 속도로 다양하게 공격하는 방법이
고수의 스타일이라면, 무겁게 힘으로 단순하게
공격하는 방법을 고집하는 것이 하수의 스타일이다.

공에 힘을 주려고 하는 것이 하수라면,
스피드를 입히려고 하는 것이 고수의 방식이다.

빠른 속도로 빠르게 지나가도록 하는 것이
최고의 공격이다.

— 〈테니스 공간〉 밴드 김원진 리더 글

바퀴벌레는 되지 말자

테니스 게임 중에 비신사적인 행위를 들자면….

베이스라인을 밟고서 서브를 하는 풋폴트,
인-아웃트를 따지는 라인 시비,
스코어를 잘못 알아서 벌어지는 다툼으로서
이 세 가지 행위는 동호인 테니스 경기 중에 좀체 사라지지 않을 바퀴
벌레 같은 생명력을 가지고 있다.

풋폴트의 경우는 양심을 파는 치졸한 행위지만 동호인 테니스 경기는
심판이 없는 셀프 저지(self judge)라서 규정을 위반하는 사람 역시 라
인을 밟는 것을 대수롭지 않게 생각한다. 반대편에서는 확인할 수가 없
어서 그냥 진행되는 경우가 허다하다.

스코어 시비는 게임마다 스코어를 부르고 사이드 체인지로 사전에 예
방할 수가 있으므로 다툼이 빈번하지는 않다. 가장 예민해지는 시빗거리
는 볼이 떨어지는 낙하지점에 라인의 인-아웃트를 따지는 문제다. 한 포
인트의 득실이지만 게임 전체의 흐름을 바꿔놓을 수 있는 상황이 발생하
기도 한다.

서브가 서비스라인 안에 들어갔다고 생각했는데 상대방이 "폴트~!!"라고 콜을 하면 심리적으로 미묘한 의구심이 생겨 세컨드 서브와 게임에도 영향을 끼친다.

또 랠리 중에 분명 라인 안으로 떨어졌음에도 떨어지기 전부터 "아웃~!!"을 외치는 사람이 있는가 하면 정말 아웃이 되어 아웃을 선언하는데도 네트를 넘어와서 인이라고 우겨대는 사람이 있다.

사람들이 왜 그럴까?

착각은 누구나가 할 수 있는 것이라서 한두 번은 그럴 수 있다고 본다. 하지만 대외적인 시합에서 억지에 가까운 콜을 하는 사람을 보면 의도성이 보인다. 그 의도성이란 상대를 심리적으로 언짢게 하여 멘털을 흔드는 행위라고 여겨진다.

실력으로 겨뤄야 할 스포츠에서 경기력 외적인 부분으로 상대를 흔들어 놓은 것을 그들은 작전이라고 하지만 하지 말아야 할 행위 중 인아웃 라인 시비가 가장 치졸한 짓이다.

심판(umpire)이 없다고 코트에서 스스럼없이 선을 밟는 풋폴트와 스코어 시비, 인-아웃 라인 시비로 인해 서로 다투는 모습은 영원히 사라져야 할 동호인 테니스의 그릇된 문화다.

보기에도 흉물스럽고 이 집에서 저 집으로 옮겨 다니면서 해악을 끼치는 바퀴벌레를 좋아하는 사람은 한 사람도 없을 것 같다.

인간이고 하물며 테니스인인데 3억 5천만 년 전 공룡시대 이전부터 지금까지 박멸되지 않고서 지구상에 존재한 바퀴벌레가 되지는 말아야 하겠다.

좋은 리턴을 하기 위해서

게임 중 다음과 같은 상황이 벌어진다.

상황 1

톱스핀 서브가 서비스 라인 깊숙한 곳으로 꽂히면서 큰 바운드가 되어 튀어 올라 겨우 라켓에 닿긴 했지만 리턴이 제대로 되지 않았다.

상황 2

랠리 중에 상대의 총알처럼 빠른 타구가 네트 위를 순식간에 통과하여 볼을 쫓아가기 바빴다.

이렇듯이 상대의 서브나 스트로크를 맞이하여 좋은 리턴을 하기 위해서는 먼저 상대 서브의 특성이나 주 무기의 구질을 파악한 후 볼이 떨어지는 지점을 예측하여 빠르게 이동해야 한다.

날아오는 볼의 궤적이나 구질과 속도, 각도를 감지하는 눈과 낙하지점의 거리를 예측하여 쫓아가는 발이 느리면 바깥으로 달아나는 볼을 따라가기 바쁘고, 안으로 파고드는 볼에 폼이 무너지므로 호쾌한 스윙과 제대로 된 리턴이 되지 않는다.

날아오는 볼의 궤적에 따르는 입사각과 반사각을 가늠해야 한다. 그다음 바운드 후 다가오는 볼의 위치와 라켓과의 거리를 조절하여 상대 볼의 파워나 스피드에 밀리지 않도록 리턴할 때 적절한 나의 힘의 안배까지도 계산 속에 넣어야 한다.

이렇게 준비가 끝난 후에는 타구 전에는 집중력을 높여 순간 다가오는 볼을 눈으로 잡고 물 흐르듯이 부드러운 스윙으로 이어져야 한다.

파앙~

팡————————!!!

테니스 단점

'코로나19 사태' 이후 테니스에 대한 관심도가 높은 MZ세대들이 테니스 인구의 폭발적인 증가에 지대한 역할을 하였다. 향후 이들은 우리나라 동호인 테니스를 이끌어갈 주역들이다.

테니스의 단점부터 미리 살펴 나가면 이를 극복하면서 또는 타파하면서 얻어지는 테니스의 매력이 입문자의 마음을 유쾌, 통쾌, 상쾌하게 할 것으로 생각하면서 극복해야 할 과제들을 살펴보기로 한다.

첫째, 테니스는 혼자서는 할 수 없다는 것이다.(지금은 볼 머신이 있지만 재미보다는 레슨 후 서비스 타임으로 샷의 완성도를 높이는 연습으로 활용하는 편이다.)

둘째, 당연한 것이지만 비용 부담(레슨비, 장비 및 복장)이 따른다. 그렇지만 다른 스포츠나 레저 활동을 할 때 구입해야 하는 비용에 비해 비싸진 않다.(지속적인 레슨비는 부담스럽다.)

셋째, 실력이 쉽게 늘지 않는다. 코치님에게 지도를 받고 8개월~1년간 꾸준히 시간을 투자해야 즐겁고, 긴장되고 또 익사이팅한 게임을 하면서

199

테니스의 묘미를 즐길 수가 있다.

넷째, 기초를 배운 후 게임에 임할 정도가 되어 비슷한 레벨의 운동할 사람 찾기도 어려울 뿐더러 테니스장도 부족하여 자칫하면 테니스 유랑 자가 될 수도 있다

다섯째, 네 번째의 문제를 해결하기 위해 동호회 클럽에 가입을 하고 자 하나 테린이 실력으로 문을 열기에는 장벽이 높다.

여섯째, 부상에서 자유로울 수가 없다.(엘보, 어깨 회전근 파열, 무릎 발목 어깨 관절부상) 잘못된 자세나 동작에서 부상이 따르며 부상의 반 복과 회복기간이 길고 이때는 잠시 쉬어야 한다.

일곱째, 야외운동의 특성상 날씨 변화에 민감하고 장시간 자외선 노출 로 피부미용에 해로움으로 이를 감안해야 한다.(실내 코트도 있지만 대 여 비용 부담이 만만치 않다.)

여덟째, 모든 스포츠가 승패의 결과를 따지고 중시(?)하다 보니 테니스 도 예외는 아니다. 단식은 자책으로 끝나지만 동호인 복식에서 실력 차 가 있는 페어는 잔소리 심한 파트너를 만나면 스트레스를 크게 받는다.

하나에서 일곱까지는 나 스스로 해결해야 하는 문제지만 여덟째의 경 우 자존감과 감정이 얽힌 문제로서 타인에게 마음의 상처를 받아 테니스 를 그만두게 되는 계기가 되기도 한다.

테니스는 두뇌와 신체를 활용하여 게임을 즐기면서 스트레스를 해소하고, 건강을 유지하는 수단(심혈관, 호흡기 기능, 체중관리, 근력강화, 유연성 향상)으로 삼는 스포츠다. 또 코트에서 만난 사람들과 좋은 인간관계를 형성하여 사회생활에 도움이 되는 운동이다.

이렇게 좋은 운동이 무척 쉬울 리는 없고, 역설적인 표현으로 "단점을 극복하면 장점을 취할 수 있다"는 것이다. 가장 중요한 것은 식지 않는 열정과 꾸준함만 있다면 단점의 개수는 문제가 되지 않는다.

이 운동은 왜 이렇게 어려울까? 맨날 어렵다고 말만 하면서 일주일에 5일은 사무실 의자에 엉덩이가 붙어 있으니 배만 나오고 실력이 줄어드는 것이 당연하다. 어떻게 하면 현재 갖춘 실력을 최대한 살려서 즐겁게 테니스를 할 수가 있을까 하여 오랜 세월이 흐르는 동안에 내가 느꼈던 많은 생각들을 나름 정리하여 조심스럽게 글로 옮겨본다.

◆――――◆――――◆

기억은 테니스장 문을 처음 열었던 35년 전으로 거슬러 올라가 그 옛날 초보 시절로 돌아간다. 레슨 회원으로 등록하고 코치 선생님으로부터 몇 개월 동안 기초적인 동작을 습득하는 시기에는 포, 백핸드 스트로크를 중점적으로 레슨을 받았다.

일정한 간격을 두고서 라켓에 볼을 맞춰주는 식의 반복적인 동작을 같은 패턴으로 숙달만 하여 이때에는 볼을 쫓아 시종일관 낮은 자세로 임하여 체력적인 것 말고는 별 어려움을 몰랐다.

다음 단계로 넘어가서 테니스 게임에 필요한 샷들은 포, 백핸드 스트로크를 기본으로 하여 발리, 서브, 스매시와 동작들의 응용까지 몇 가지 안 되는 기술들이 난이도는 조금 있었지만 혼자서 터득하는 과정이기에 노력 여하에 따라 실력 향상도 조금씩 뒤따랐다.

그런데 그동안 레슨을 통해 각 샷들을 어느 정도 구사할 수 있는 실력이 되었음에도 불구하고 다음 단계로 오를수록 어려움이 자꾸 생겨나는 것은 무엇 때문일까?

그것은 '변화'라고 생각한다. 아마, 코치 선생님의 품에서 벗어나 홀로 서기가 되는 시점에서 새로운 관계들로 형성되는 환경을 접하게 되고 이때부터는 내가 타구하는 모든 샷은 내가 전적으로 책임을 져야 한다.

몸풀기 랠리부터 게임까지 나와 마주할 상대가 있고, 특히 복식에서는 파트너가 있고, 각기 실력이 다른 사람들이 구사하는 다양하고 변화무쌍한 테니스 기술에 대응을 잘하고 못하는 차이와 이를 극복하는 과정에서 오는 심적인 부담이 생겨서이다.

팡팡팡~!!!
팡~ 파앙————————————!!!

네트 넘어 날아오는 볼의 속도, 각도, 높낮이와 거리가 다르다. 또, 상대가 타구하는 각각 다른 구질(플랫, 톱스핀 드라이브, 슬라이스)의 볼과 베이스라인 근처나 서비스 라인 근처에서 준비 자세를 하고서 맞이해야 한다.

이에 대한 대처 능력이 따라주지 못하면 나의 한계를 절감하게 되고, 또 상대와 비교될 때 내 실력의 현주소가 드러난다.

상대와의 실력 차이로 고수 하수의 기준도 생기고 상대보다 부족한 실력에 대해 여러 가지 이유를 찾으면서 좀 더 열심히 해야 할 동기도 갖게 된다.

테니스가 즐거운 중급자가 되려면 2

테니스를 즐거운 마음으로 즐기는 중급자가 되려면 변화를 두려워하지 말자. 상대가 누구이며(맞수, 고수, 하수) 어떤 형태의 볼이 오더라도 내 수준에서 다룰 수 있는 맞대응 능력을 키우는 것이 매우 중요하다.

대응능력이란 상대와 대적할 때 여러 가지 상황에 맞는 나의 실력 발휘를 말한다. 타구 시 강약과 완급 조절로 위기의 순간에서 벗어나 상황을 유리하게 만들어가는 볼의 컨트롤, 즉 힘을 조절하여 안전하게 네트를 넘기는 능력이다.

힘의 조절이란 백스윙부터 라켓 면에 볼이 닿는 임팩트 되는 시점까지 백스윙의 폭이나 스피드, 타구를 하는 힘의 세기 조율을 말한다. 네트로 넘어오는 상대 볼의 강도에 따라 나의 힘은 어느 정도 실어서 반구를 할 것 인가가 관건이다.

예를 들어 스피드 하게 넘어오는 상대의 볼에 맞받아칠 수 있는 정도의 실력이거나 그 이상의 파워를 낼 수 있다면 그렇게 쳐도 된다. 하지만 그 실력에 못 미친다면 짧은 스윙으로 안전하게 넘길 수 있는 요령만 터득해도 좋다.

이와 반대로 본인보다 실력이 못 미치는 상대의 약한 볼을 맞이할 때는 주로 본인의 힘으로만 타구하여 상대에게 공격해야 한다. 천천히 오는 볼에 대해서 찬스 볼이라 여기고 어깨에 힘이 너무 가해지면 아웃이 되거나 네트에 걸리는 것을 종종 보게 된다.

결국 게임 상황에 따라 서로의 입장이 바뀌는 공수의 랠리 속에서 나의 몸과 마음 상태를 최적으로 만들어 편안한 스윙을 해야 한다.

몸 상태를 최적으로 하는 것은 기본적인 사항이다. 거침없고 편안하게 스윙하려면 어깨에 힘을 빼고 그립 파지를 가볍게 하여 심리적으로 힘 조절에 방해가 되거나 영향을 끼치는 아래의 것들을 극복해야 한다.

1. 본인의 컨디션 문제(몸이 확실한 웜업이 된 상태)
2. 게임 스코어에 구애받는 상황(승패의 분수령이 되는 중요한 고비가 찾아왔을 때)
3. 파트너의 동향(파트너의 잦은 주문에 신경이 쓰일 때)
4. 상대의 방해 공작(인-아웃 시비나 기타 게임 리듬을 깨트리는 더티행위 등)
5. 주변 분위기(어수선하거나 편파적인 응원)
6. 리턴 시 상대 전위의 움직임 등등이다.

여기에서 보더라도 내가 구애를 받는 것은 심리적인 요인이 대다수인데 이런 작용은 프로나 아마추어나 상, 하수 공히 적용된다. 오죽하면 어느 해 4대 메이저 대회 여자 결승전에서 마지막 위닝샷이 서브의 더블폴트로 인해 최후 승자가 가려지는 해프닝도 생겼겠는가.

특히 실력 발휘가 안 된다고 여겨지는 대목은 복식경기에서 네트 앞에 상대와 맞서보면 리턴 시 전위를 통과해야 하는 실력의 기술적인 한계봉착과 또 각 샷을 구사하기 직전에 생기는 마음의 동요, 심리적인 부분에 끼치는 영향이다.

이렇듯 누구라도 심리작용을 받는 그 힘의 조절은 0.001초 사이의 반응으로 인해 스윙에 영향을 끼치는 것이다. 수치로 환산할 수 없는 힘이 어깨에서부터 라켓에 전달되고 그 작용이 볼로 이어져 임팩트 후 볼의 파워로 인한 거리가 생기면서 낙하지점을 만들어 낸다.

그러기에 실력의 상, 하를 떠나고 또 게임의 승패를 떠나서 어느 누구든지 단식이든 복식이든 상대의 볼을 맞이하고 내가 타구 시 심리적으로 지배를 받는 모든 것들을 극복할 수 있는 상태를 스스로 만들어야 한다.

그렇게만 된다면 어느 위치에서 어떤 형태의 볼을 맞이하더라도 내 역량이 부족해서 밀리면 밀리는 대로 대처하고 볼에 대한 여유로움이 생기면 리드미컬하게 템포와 타이밍 조절이 가능한 힘의 세기로 리드하면서 안전하게 득점할 기회를 잡는 탄력적인 경기 운영이 가능하다.

결론적으로 나의 샷의 품질을 좌우하는 볼의 컨트롤, 즉 힘 조절과 같은 맥락인 감을 잡는 일이란 남이 느낄 수 없고 또 대신해 줄 수도 없는 오로지 내가 풀어야 할 나만의 숙제이다.

나를 극복해야 볼도 보이고
비로소 상대와도 잘 싸우게 된다.

테니스가 즐거운 중급자가 되려면 3

지금까지의 장황한 이야기는 테니스 스킬에 대한 기술력을 높이고 그로 인해서 빠른 시간 내에 고수의 반열에 오르고자 하는 내용도 아니다. 어찌 보면 전달하고자 하는 것들이 상황에 따라 변하는 마음을 다스리는 것이기에 핵심도 없고 그저 추상적인 부분을 언급하는 횡설수설일 수도 있다.

어디 이 어려운 운동이 몇 줄의 글로서 어떻게 쉽게 풀어지겠는가? 그것은 언감생심 꿈도 못 꿀 일이다. 집 소파에 앉아서 생각했던 거처럼, 누워 눈감고 이미지트레이닝 했던 것처럼 허공에 그리는 빈 스윙으로만 부족한 것을 채울 수 있는 그리 간단한 것이 아니다. 이것은 코트에 나가서 직접 볼을 다뤄보면 누구나가 다 아는 사실이다.

특히나 힘 조절이 힘든 포핸드스트로크는 타구 시마다 어제와 오늘의 느낌이 다르고 하루 중에서도 첫 경기와 두 번째 경기가 다른 것도 중급 정도의 실력이면 누구나가 경험한 것이다.

그런데 이런 말이 왜 필요하냐? 그것은 지금에 와서는 기술의 습득이나 익숙지 않은 새로운 폼으로 교정하기보다는 내가 가진 능력의 범위

내에서 기량을 최대치로 이끌어 내어 내 샷의 만족도를 최대한으로 높이는 데 방점을 두라는 것이다.

결론적으로 힘 조절의 느낌인 감을 잡는 것은 본인들만의 해법을 찾아야 한다. 그럼으로써 클럽 대회나 동호인 친선 모임에서 어느 조에 편성되어 어느 수준에 가서 파트너를 하더라도 테니스에 대한 묘미를 만끽하고 그 즐거움을 배가시키는 중급이 될 수 있다.

나는야 테니스가 즐거운 중급~!!!

테니스가 즐겁고 그 맛을 아는 중급으로서 역할의 폭은 참으로 넓다. 평소에는 눈길도 못 받다가도 한 사람이 부족할 때는 상수들에게 콜도 받고. 초보자들에게 친절하게 대하면 그들에겐 영원한 고수로 불리는 위치가 중급이다.

상황에 따라 좌우 타석에 마음대로 서는 야구의 스위치 타자처럼 모임의 중심에서 위아래를 오가며 게임 판을 짜는데 윤활유 역할을 하고 전체 분위기도 맞추는 메이커들이다.

스트라이크 존을 만들자

　요즘 들어 유튜브에서 테니스 레슨 동영상을 많이 보는 편이다. 그 이유는 내가 테니스 지도자 자격증(2급) 취득 후 나중에 가르칠 기회가 오더라도 "이론에 따르는 실기 방법을 내가 모르면서 남을 가르칠 수 있겠는가?" 하는 반문이 마음에 크게 작용하기 때문이다.

　테니스 관련 유튜브를 보면 초보부터 중급 수준에 이르기까지 레슨 자료가 넘쳐난다. 구성은 대다수 한 편이 대략 7분에서 12분 사이에서 이루어졌다. 제목 또한 무슨 비법이 있는 듯 그럴싸하여 한번 구독하면 문제점이 바로 해결될 것처럼 광고를 한다. 과연 테니스가 저들이 설명한 것처럼 쉽게 따라 해질까? 꼭 그렇지만도 않다는 것은 시간이 흐름으로써 알게 되니 맹목적인 신뢰는 분명 삼가야 한다.

　한 가지를 보더라도 가르치는 방법도 각기 다르다 보니 이것은 마치 병원에서 의사 선생님들이 진단과 처방을 조금씩 달리하는 경우와 같다고 본다. 이렇게 다양한 정보를 접하는 초보자들은 어디에다 기준을 둘 수가 없어 자칫 혼선을 빚지는 않을까? 심히 우려된다.

　와중에 군계일학(群鷄一鶴)으로 나의 눈과 귀를 사로잡은 레슨이 있어 어느 날 그분의 레슨을 동영상으로 보고 듣다가 설명 중에 '스트라이크(strlke)'라는 용어가 나와서 이채로운 느낌이 들었다. 아니나 다를까 〈테니스 코리아〉 2023년 9월호에 'LA에서 날아온 반전의 매력 코치를 티칭 하는 프로, 이동혁'이란 타이틀로 그분의 이력이 소개됐다.

'테니스에서 스트라이크?'

우리들이 통상적으로 '스트라이크'라는 단어를 쓰거나 들을 때는 무엇이든 한 방에 시원하게 해결되는 통쾌한 상황을 떠올린다. 그리고 실제로 야구에서, 투수가 던진 공이 스트라이크 존을 통과하거나 볼링에서 첫 번째 던진 공으로 열 개의 핀을 모두 넘어뜨리는 일, 노동자들이 생존권을 위한 투쟁으로 노동력의 제공을 집단적으로 거부하는 일로 알고 있다.

테니스에서 그 용어를 쓰기에 좀 생경하여 그분의 설명을 귀담아 들었더니 "테니스의 스트라이크 존(strike zone)이란 코트에서 나만의 에어리어(area)가 확보된 퍼스널 존(personal zone)으로써 테이크 백을 하여 볼을 잡아서 칠 수 있는 공간을 말한다."라고 한다.

그것은 공간을 확보해야만 서두름 없이 타점을 잡기가 용이하고, 내가 원하는 스윙을 할 수가 있다는 말로서 이는 네트를 직선으로 넘어오는 볼을 칠 때문만 아니라 상대가 높게 띄우는 로브 볼을 스매시할 때도 낙하 시 몸을 사선으로 비틀어서 공간을 만들어야 여유롭게 볼을 컨택하기도 좋고, 원하는 방향으로 볼을 보낼 수가 있기 때문이다.

야구는 투수가 아웃 카운트를 늘리기 위해서 투구판에서 스트라이크 존을 향해 볼을 던지지만 테니스는 내가 볼과의 최적의 컨택과 좋은 리턴을 하기 위해서 이상적인 지점인 스트라이크 존을 만들어야 하는 것이다.

스트라이크 존을 만들자.

테니스의 스트라이크 존은 네트 넘어 날아오는 볼의 방향을 주시하는 눈과 거리와 속도를 따라가는 스텝에 의해 만들어진다.

차이를 극복해야

파앙~
팡팡~ 슈팡~!!!!!
발리 레슨을 하는 연습자의 모습을 지켜본다.

코치님이 던져주는 볼 10개 중 6~7개가 파워풀하고 예리하게 들어가는데 선수 같은 폼으로 샷 하나하나 나무랄 데 없이 정말 잘 친다.

'오~ 실전에서도 볼이 저리 나온다면
국화 중의 국화인데.'

대다수 사람들은 레슨이나 연습할 때와 실전 시의 볼들이 다르다. 이 원인에 대해서 생각을 해보니 그 차이점은 마음의 부담이 있고 없고의 차이 즉, 심리상태에서 기인된 것이다.

왜 차이가 나는 걸까?

연습 볼은 말 그대로 연습으로 10개 중 네댓 개가 네트에 걸리거나 아웃이 되어도 게임 스코어에 반영되지 않아서 심리적으로 편안한 상태가 된다.

실전에서는 10개 중 하나만 실수를 해도 바로 실점이다. 그러기 때문에 게임이 진행되면 걱정이 앞서 제대로 된 샷을 구사할 수가 없다. 게임 전개되는 상황이 마음의 지배를 받는다는 결론이다.

그럼 이런 심리상태에서 오는 머뭇거림을 잘 극복하고 실전에서 적응이나 적용할 수 있는 방법으로 이렇게 해보는 것은 어떨까.

먼저 꾸준한 연습으로 게임에 필요한 샷을 기계적인 반복동작으로 숙달을 시켜야 한다. 왜냐면 게임 중에 어떤 상황에서라도 반사적으로 대처가 될 만큼 실력을 쌓아두는 것은 매우 중요한 일이기 때문이다.

연습 볼 10개면 10, 100개면 100 다 정확하게 치는 것이 불가능하다. 성공의 확률을 높이려면 연습 볼 하나하나를 실전에서 매치포인트로 가정하여 에러를 줄이도록 노력하고 완성도를 높이면서 자신감을 고취시킨다.

심리훈련으로 '연습은 실전처럼 실전은 연습처럼'이란 말이 있다. 그렇게 하기 위해서는 비록 연습이지만 실전의 상황을 대입시켜 보는 타구, 막상 실전에서는 연습이라고 생각을 하면서 편안한 마음 상태를 가지도록 스스로에게 주문과 최면을 걸어야 한다.

물론 현실에서 개개인의 성격이 반영되고 성적에 관계되는 경기 상황

(타이틀 유무, 게임 스코어, 파트너와 관계, 기대에 부응해야 하는 심리적인 압박 등)을 감안하면 평상심을 유지하는 것이 쉽지 않은 일이다.

하지만 연습과 실전의 차이를 줄이려면 자기만의 노하우를 터득하여서라도 이를 극복하는 방법을 찾아야 한다. 그렇지 않으면 핵무기를 보유하고서 상대방에게 쏘지 못하고 자폭하는 결과만 초래할 뿐이다.

연습과 실전의 차이, 이를 극복하지 못하면 나는 영원한 내부용이고, 그것이 현실이자 진짜 실력이다.

예측과 대비

초급자들은 테니스의 실력 증진을 위해 각자 열심히 노력한다. 하지만 보다 효과적인 방법은 샷의 원리를 이해하고 터득함으로써 기량 향상이 더 빠를 것이다. 아래 글을 정독하고 숙지하여 많은 도움이 되길 바란다.

실전 게임에서 나와 상대가 주고받는 볼은 여러 형태가 있다. 먼저 상대 스타일이나 구질을 파악한다. 다음에 스트로크 랠리를 할 때 일정치 않게 날아오는 볼의 속도와 높이, 각도와 거리에 따라 그때그때 달라지는 타구 상황에 맞게 대처를 해야 하는 구체적인 설명이다.

지금은 시대의 흐름에 따라 가르치는 법도 많이 달라졌겠지만 내가 테니스를 배울 당시(1980년대 후반)에 코치가 던져주는 볼은 그것이 원칙인 양 한 구질에 거의 같은 높이(허리 정도)로 타구하기에 알맞게 날아왔고, 나는 라켓 스트링에 볼이 닿는 타구감을 느끼기보다는 별생각 없이 볼을 넘기기에만 급급했다.

지금도 그 옛날의 방식으로 가르쳐주는 코치가 더러 있기도 하다. 획

일적으로 던져주는 레슨 볼이 밋밋한 볼 치기에는 도움은 되겠지만 실전에서 그런 볼(치기 쉽게 던져주는 볼)이 대체 몇 개나 나올까?

허리 높이로 알맞게 오는 볼은 여유롭게 공격 자세를 취하면서 위닝 샷을 날릴 수가 있는 볼이다. 연습 스트로크 랠리 때 서로에게 치기 좋도록 힘을 조절하여 맞춰주는 볼이나 약하게 들어오는 세컨드 서브, 또 게임 시 강한 타구에 밀려 상대가 겨우 받아낸 볼이 천천히 네트를 넘어온 찬스 볼일 때이다.

반면에 빠른 플랫이나 바깥으로 흐르는 슬라이스 서브는 거의 허리 아래에서 낮은 자세로 리턴하고 톱스핀 서브는 머리 위에서 타점이 잡힌다. 마찬가지로 포, 백핸드스트로크도 구질에 따라 컨택 포인트가 각각 다르므로 늘 긴장을 늦추지 말고 네트를 넘어오는 볼에 집중해야 한다.

이런 이유로 초보자는 기초부터 구질과 여러 형태의 볼을 상황에 맞게 처리하는 법을 배워야 한다. 이런 과정을 거쳐서 중급자가 되면 역시 상황에 따라 다양한 구질을 구사할 수 있게 되고 또 여러 형태로 날아오는 상대의 타구 볼 또한 리턴을 잘하게 될 것이다.

그럼 구질과 형태에 대한 대응은 구체적으로 어떤 것일까?

나의 경험을 바탕으로 둔 내용이라서 나보다 하수인 사람과 공감하는 사람에게는 타구의 원리를 이해하는 데 조금이라도 도움이 되길 바라면서 볼 처리에 대해 나의 주관적인 견해를 말해본다.

먼저 구질과 볼의 높낮이 그리고 속도에 대응하는 요령이다.

볼의 하단을 깎아 쳐서 언더스핀이 많이 걸리고 빠른 속도로 오는 슬라이스 볼은 리턴 시에 같은 언더스핀을 걸어서 슬라이스로 대응하고 낮게 깔려오더라도 순간 정점에서 볼을 잡아 계곡에서 아래로 흐르는 물을 위로 쓸어 올리듯이 하여 타구한다.

볼 상단에 회전이 걸린 드라이브나 톱스핀 타법은 주로 허리 이상의 높이로 날아오는 볼이 많으며 이때는 오히려 상대 볼의 반발력을 이용하여 응수하고 간혹 키 높이로 솟아오르는 볼은 라켓 헤드로 위에서 덮어 누르듯이 순방향으로 회전을 풀어서 부드럽게 타구한다.

빠른 속도로 날아오는 플랫 성의 타구는 상대의 볼이 워낙 강해 맞받아칠 수가 없을 정도라면 라켓 면을 편편하게 벽을 만들어서 콤팩트 스윙으로 상대 볼에 대응해야 한다. 상대가 스피드나 파워가 비슷하면 힘의 균형을 맞추면서 나의 장점을 최대한 살리는 타법으로 상대가 나보다 약하면 내 힘으로 쳐서 상대를 제압하는 타법으로 각각의 구질이나 스피드에 맞게 내 힘의 세기를 조절해야 한다.

다음은 각도나 거리에 관련된 사항이다. 테니스는 처음에는 손으로 치다가 나중에는 발로 치는 운동이라고 말을 한다. 이는 움직이는 볼을 잡으려면 최초 볼에 리듬을 타는 레디 스텝에서 스플릿 스텝, 그리고 템포에 맞춰서 볼이 오는 방향으로 움직이는 워킹 스텝과 사이드 스텝을 밟고서 타이밍을 잡아 임팩트 후 리커버리 동작을 취하면서 다음 준비 단계까지가 모두 발동작으로 이루어지기 때문이다.

네트 앞 짧게 떨어지는 드롭샷은 빠르게 전진하고 톱스핀으로 바운드 후 길게 넘어오는 볼은 잽싸게 후진하여 위치를 확보한다. 좌우 각도로 오는 볼은 사이드 스텝을 밟으면서 부지런한 발로 볼을 쫓아 최대한 정면에서 볼을 맞이해야 한다.

참고로 2021년 도쿄올림픽에서 펜싱 사브르 대표 팀 포맨 중의 한 사람이 하는 얘기로 "펜싱은 스텝이 전부이기 때문에 하체의 사용이 90% 이상이고 손은 그저 발 따라 움직이는 것"이라고 한다. 그 긴박한 움직임이 테니스에서 라켓을 사용하는 동작과 흡사하다고 본다.

"어떻게 칠 것인가도 상대의 맘대로고
어디로 칠 것인가도 상대의 맘대로다."

고수들을 보면 볼이 다니는 길을 안다. 그것은 아마 오랜 경험과 감각을 통해 실전 능력이 배양되었고, 예측과 대비, 또 연구하는 테니스를 하기 때문이다.

'예측과 대비'
나의 에러를 최소화하는 키워드로 삼자.

맞서지 말자

우리들은 세상을 살아가면서 여러 상대들을 만난다. 부부지간, 친구지간, 동료지간 등 어떤 형태로든 서로 관계가 형성되는 가운데 상호 간에 이견이 생기면 각자의 생각이 옳다고 여기고 주장이 강할 때는 서로 맞서게 돼 있다.

서로가 맞서면 충돌은 불가피하다. 현명한 사람은 충돌을 피하거나 충격을 최소화하기 위해 지혜롭게 대처한다.

가령 말다툼에서 강하게 어필하는 상대의 말에도 분명 옳은 부분이 있다면 수긍하는 태도를 보인다거나 일일이 대꾸하지 않고 들어주는 등 서로 원만한 관계를 유지하기 위해서라도 순간 참고서 맞서지 않는다.

이러한 삶의 지혜는 테니스 게임에서도 필요하고, 적용을 잘해야 한다. 게임 중에 베이스라인 근처에서 고수와 스트로크 랠리를 주고받을 때 고수의 볼은 파워나 스피드 또는 정확성에서 하수와는 확연히 차이가 난다.

보편적으로 실력 차이가 나는 상대와 대적할 때는 십 중 칠팔은 상대의 강력한 위닝 샷이나 나의 에러로 인하여 포인트가 결정 나서 그만큼 고수와 상대하여 득점할 확률은 낮다.

그렇다면 확률적으로 따졌을 때 십 중 이삼은 비록 고수라 하여도 실점한다는 것이 되는데 어떻게 하여 그런 결과가 나올까?

실력 차이의 기준을 볼의 파워나 스피드로 가린다고 봤을 때 구속 150km/h 이상으로 볼을 다루는 고수와 100km/h의 속도 정도만 제어가 되는 하수 간에 스트로크 랠리 중에 고수의 볼과 맞서는 하수가 능력 이상을 발휘하려고 무리를 하게 되면 폼이 무너져 에러가 나올 확률이 높다.

비록 볼의 속도는 느려 상대에게 공격은 되지 않더라도 내 능력에 맞는 리턴을 꾸준히 할 수만 있다면 심리적으로 흔들리는 것은 오히려 고수가 될 것이고 십 중 이삼 생기는 고수의 에러는 아마도 이것 때문에 나온다고 생각한다.

그럼으로 고수인 상대와 맞서지 말고 내 능력에 맞게 대처를 하게 되면 고수가 하는 에러 빈도수를 조금 더 높일 수 있다고 본다.

십 중 이삼에서
십 중 사오로.

결대로 가자

테니스 입문 후 30년에 이른 지금까지도 감이 들쭉날쭉 내게는 늘 어려운 포핸드스트로크가 요즘 들어 연습 랠리를 하면서 힘들이지 않고 볼이 탄력을 받아 잘 나가는 느낌이다.

이것은 뒤늦게나마 치는 요령, 감을 잡는 방법을 조금이나마 터득했다고 보며 코치님이나 고수들에게서 가끔씩 들었던 "결대로 치면 부드러운 타구가 된다."라는 말이 떠오른다.

그 말인즉슨 상대의 플랫성 강한 타구가 넘어오면 볼 힘의 반동을 이용하는 반구(권투에서 카운트 펀치 효과)나 상하좌우로 스핀이 많이 걸린 볼에 거스르지 않고 반대로 풀어주는 타법으로서

예를 들어 한쪽 방향으로 회전이 많이 걸린 볼을 같은 방향으로 타구를 하는 것은 강공에 맞서거나 그 탄력을 죽일 만한 어지간한 파워가 아니면 제대로 넘기기가 힘들다. 또 바운드 후 달아나는 볼에 빗맞을 확률이 높기에 맞대응만이 능사는 아니고 적당한 힘을 실어 회전하는 순방향으로 라켓만 맞춰도 쉽게 넘어가는 방법을 말함이다.

90년대 초반 의류회사에 다닐 때 업무상 중국에 잠시 머무르던 중에 산둥반도 위해에서 바다 건너 대련까지 가는 길에 배편을 이용했다. 그 배는 자기 부상 쾌속선으로 바다 수면 위에 떠서 다닌다. 파도가 심하게 치는 날에는 수면의 저항을 더 받아 내부 상하 진동이 엄청나서 배가 두 동강 나지 않을까 불안과 멀미의 고통 속에서 힘든 시간을 보냈다.

이와 반대로 높은 파도를 헤쳐 나가는 작은 돛단배를 상상해 보면 그 배가 드센 바람에도 전복되지 않고 파도 속에 유유히 떠다니는 것은 파고나 파장에 몸을 맡겨 물결을 거스르지 않음이다.

효과적인 타구법은 상대 힘을 이용할 줄 아는 영리한 스윙과 순 회전을 만들거나 결대로 가는 부드러움으로 힘을 덜 들이면서도 좋은 볼을 만들어 낸다. 말처럼 쉽지는 않지만 요즘에 그 감을 조금이라도 느껴가니 연습 스트로크가 재미난다.

다른 의미의 결이지만 부처님의 연기법 중에 "나는 세상과 다투지 않는다."라는 대목이 있다. 연기의 성품은 상주불변(常住不變)이 아닌 불생불멸(不生不滅)이며 연기법은 현상의 흐름 법칙이다.

"흐름에 들었으되 흐름을 통찰하여 흐름에 묶이지 않는 자가 연기를 본 자이고 깨달은 자인 것이며 깨달은 자는 흐름의 물결을 거스르지 않으며 그 물결을 바꾸려 하지도 않습니다."

나 역시 볼과 다투지도 않고, 또한 이겨보려 하지도 않는다.

아! 개나리, 개나리여

어제 우리 클럽의 여성회원들이 두 팀 참석하는 개나리 전국대회에 응원을 갔었다. 예선전이 끝난 후 본선 진출 팀들이 엄청 많은 것을 보면서 관내 시합과는 다른 규모의 대회라는 것을 느꼈다.

예선전을 통과한 수많은 팀들이 여기저기 코트마다 다음 회전 진출을 위해 최선을 다해 게임에 임하고 있는 것을 보고 있으니 한 송이 국화꽃을 피우기 위한 개나리들의 변신 노력이 아름답기까지 한다.

얼핏 비슷비슷한 실력에 승패의 주된 원인은 현격한 기량 차이가 아니라면 작게는 포인트 관리고 크게는 게임 흐름을 읽어가는 스코어 관리에서 차이를 보여 신승과 석패가 가려진다.

본선에서도 탈락하는 팀과 험난한 우승의 고지를 향해 가는 팀이 있겠지만 최후의 승리자는 여타 팀과 다른 무엇인가가 갖춰져 있을 거라고 여겨졌다.

그것이 무엇일까?

내 눈에 잡힌 차이점은 승리하는 팀이란 매사 조급함이 없고 볼이 라켓 면에 조금 더 머무르는 느낌으로 볼 컨트롤이 여유로워 보였고 이것이 상호 간에 실력 차이가 아닐까 하는 생각이 들었다.

우리 클럽에서도 출전한 두 팀은 선전했지만 앞으로 남은 몇몇 과제를 해결하지 않으면 한계에 봉착을 하리라고 본다. 이는 역설하자면 이 정도의 수준까지 기량을 갖춰야 우승의 가능성이 높아진다는 얘기가 된다.

그 한계란 아무리 수비가 좋아도 상대의 에러로만 득점을 이어갈 수가 없고, 또 후위에서 단조로운 공격 패턴 역시 한계성을 가질 수밖에 없다는 것이다.

이를 극복하기 위한 이 정도의 수준이란 나의 장점인 주 무기와 보조 무기를 탑재하여야 한다. 또 이를 활용하여 득점루트를 개발하고 나름 시나리오에 의한 공격 포인트를 만들어야 한다.

주 무기의 예를 들자면 공격의 주도권을 잡을 수 있는 서브나 스매시가 좋다거나, 강력한 포백핸드 스트로크가 있다거나, 시야를 넓게 보는 발리가 확실하거나 등등이다.

이 중 확실한 주 무기를 가지고 보조 무기까지 곁들인다면 전천후 스텔스 전투기가 된다. 만약에 내가 100%를 갖출 수 없다면 복식경기의 특성상 나의 단점을 보완해 줄 파트너와 보조를 맞춰가는 것도 좋은 결과를 맺는 하나의 방법이 될 것이다.

스킬이 부족하다면 빠른 발, 집중력, 끈기, 체력 관리, 근성이라도 갖춰서 상대를 힘들게 하는 것도 좋은 무기이다. 여기에 가장 중요한 것, 어쩌면 승패의 요인의 전부라고 할 수 있는 것은 제 기량을 조절하는 마인드 컨트롤이다.

누군가가 말했듯이 평소 기량의 50%만 발휘해도 입상권은 떼놓은 당상이라 했다. 나 자신을 극복하지 못하면서 어떻게 상대를 제압할 수가 있을까?

국화꽃을 피우는 것이 만만치 않음을 알았고, 개나리꽃이 인동초처럼 보이는 하루였다.

테니스 매너에 대하여

먼저, 테니스의 유래를 알아보면 원래 테니스는 골프보다 훨씬 귀족적인 스포츠였고 스코틀랜드 목동들이 목초지에서 바람 맞으며 하던 게 골프라면 테니스는 프랑스 귀족들이 실내에서 우아하게 즐기던 것이다.

귀족들의 놀이다 보니 동작에 범절이 있었다. 처음 공을 치면서 상대에게 "받으시오(Tenez)"라고 인사말을 건넸다. 그 말을 영어식으로 읽어 테니스(Tennis)란 이름이 붙게 됐다.

오래전에 서양에서 전래(傳來)된 테니스는 야외의 잔디 위에서 벌이는 론(lawn) 테니스로 1877년 윔블던 대회, 1896년 제1회 아테네 올림픽경기에서 채택되면서 널리 보급되었고 우리나라 역시 이 시기에 초대 미국 공사 푸트에 의해 보급이 되었다고 한다.

프랑스에서 영국으로 건너온 테니스가 1890년경 우리나라에 전해지면서 최초는 서양인이 주체가 되어 고위층의 전유물이다시피 했던 스포츠이기에 그때부터 해방 이후 1970년대까지는 일반 서민들은 엄두도 못 낼 운동이었던 것은 내가 어렸을 때 동네 유지분들이 오후가 되면 라켓이 든 백을 들고서 운동을 다니는 것을 봤기 때문에 그런 생각을 했다.

이랬던 테니스가 언제부터인지는 몰라도 국내에서 골프(Golf)가 상류층의 사교 운동으로 인식이 되면서 너도나도 골프 붐이 일더니 대화의 소재도 지인들 사이에서 골프 화제에 끼지 못하면 시대에 뒤떨어지는 사람처럼 보인 반면에, 그처럼 멀게만 느껴졌던 테니스가 라켓 한 자루와 공만 있으면 코트로 나가 운동을 할 수 있는 서민운동이 되어 있었다.

고령화 시대에 접어들면서 시니어테니스 대회가 활성화를 이루고 건강이 허락하면 80세까지도 가능하여 나이 드신 어르신들께서 등에 가방을 메고서 코트로 나서는 모습도 낯설지가 않다.

내가 사는 동네에 테니스장만 하더라도 나이가 지긋하신 분들이 처음에는 테니스에 대한 개념도 없이 건강을 목적으로 운동 삼아서 공놀이처럼 하고 계셨다. 둘레길을 오가다가 즐겁게 운동하는 모습을 보면서 '외국에서 건너온 테니스가 저렇게 변형이 되는구나.' 하며 제 모습이 아닌 것에 대한 아쉬움이 컸지만 처음부터 제대로 배우지 않았으니 이제 와서 뭘 어떻게 할까?

나에게는 삶의 일부이자 우리들에게 무한한 기쁨을 주는 테니스는 최초 유럽 귀족들의 놀이였지만, 선수들을 제외하고는 이제 대중들이 여가로 즐기는 생활 스포츠로 자리하여 수많은 사람들과 인연을 맺고 알아가는 교제의 장이 되었다.

그러기에 우리는 서로서로 더욱 지켜야 할 것들이 분명히 있다고 생각하면서 코트에서 운동을 하면서 지켜야 할 매너에 대해서 언급해 본다.

테니스장을 영문으로 표기하면 tennis court이다. 다르게 해석하면 법정(法庭) 즉, 법의 정의를 다루는 법정을 뜻한다. 법원은 알다시피 민, 형사 사건을 비롯한 행정사건 기타 법률적 쟁송에 관한 권한을 가지고 있으며 판사는 이러한 분쟁 또는 이해의 대립을 법률적으로 해결하는 판단을 내린다.

tennis court에도 법원의 판사처럼 게임에 관하여 정해진 룰대로 진행시키는 심판(umpire)이 있다. 보통 선수들이 출전하는 대회에서는 모든 선수들은 한 치의 의심도 없이 그 룰을 지키며 경기에 임해야 하며 심판의 판정에 대해서도 모두가 존중하며 엄숙히 따른다.

이처럼 엘리트나 프로대회를 주최하는 경기에서는 선수들이 엄격히 룰을 지키는 것에 반해 셀프 저지(self judge)로 진행하는 일반 동호인의 경기는 어떨까?

내가 운동하는 테니스코트는 동네 체육시설로 한 구장에 두 면씩 세 구장에 여섯 면이 있는데 누구나가 신청만 하면 무료로 사용할 수가 있어 나이별, 실력별로 다양한 분들이 여가 선용을 하면서 즐거운 시간을 보내고 있다.

가끔씩 게임 중에 파이팅이 지나치게 넘치는 분들이 게임하면서 옆 코트나 건너편 코트의 불편함은 아랑곳하지도 않은 채 서로 공방전을 펼치면서 나도 고함을 치면 상대도 이에 뒤질세라 받아치고 괴성을 지르니 서로 물건을 흥정하는 저잣거리의 도떼기시장(市場)처럼 돼 버려서 눈살을 찌푸리게 한다.

신성한 테니스코트가 볼 하나를 놓고서 무질서하게 뛰어다니는 초등학교 운동장으로 변해가는 순간을 보고 들으면서 아무리 동호인 테니스라고 하지만 서양의 귀족 운동이 물 건너와서 저렇게 천박스럽게 변질이 돼 가다니 참으로 개탄할 일이 아닌가 한다.

여기에 셀프 저지 운영을 악용하는지 라인을 넘어가는 풋폴트는 예사요, 잘못된 카운트로 생기는 스코어 시비, 또 눈의 착각이나 양심 불량 인-아웃 라인 시비까지, 소소한 다툼이 보이기도 한다.

'허, 예전에는 국내에서도 일반 사람들이 고급 운동이라고 했던 테니스가 득실과 승패만 따지는 단순한 공놀이처럼 왜 이리 변했을까?' 아무리 생각해도 프랑스 귀족들은 우아한 폼으로 조용하게 테니스를 한 걸 보니 코트 옆에 단두대를 놓고서 게임을 했다는 생각까지 해본다.

외국의 큰 경기에서는 게임 중에 저 높은 창공으로 지나가는 비행기 소리에 선수들이 신경 쓰일까 봐 진행 중인 경기를 잠시 멈춰 세운다. 그리고 메이저 대회를 티브이로 시청 중에 보면 관중석에서 들리는 약간의 소음도 신경이 쓰이면 심판에게 이의를 제기한다거나 관중석을 향해 직접 조용히 해달라고 입술에 손가락을 대는 모습도 봤는데 주변의 환경이나 여건이 플레이에 영향을 끼침을 알 수가 있는 대목이다.
코트에는 오로지 선수들의 스텝에 따라 라켓에 맞는 볼 소리와 들리지는 않지만 숨소리가 있을 것이고, 위닝샷에 짧은 "파이팅!"과 에러에 안타까운 제스처만 있을 뿐이다. 코트 밖 관중석에는 네트를 오가는 랠리 수만큼 고개를 좌우로 볼을 따라가다가 포인트가 나면 감탄과 박수 소리만 들려야 하겠다.

우리나라가 동호인 테니스 활성화가 잘된 나라 중의 하나라고 들었다. 외국의 본래 모습에서 변형되어 한국산(韓國産)이 된 것은 어쩔 수가 없다 해도 기본 모양에서 너무 무너지지 않았으면 한다.

동호인 복식경기의 좋은 모습이란 게임에 임하는 선수들은 룰은 당연히 지켜야 하며 경기 중에는 과하지 않은 파이팅! 그리고 멘트는 포인트가 났을 때 스코어 카운트만이 있어야겠으며 게임 중에 칭찬과 위로는

파트너가 찬스 볼을 만들어 줬을 때
"나이세럽~!(nice set up~)",
파트너의 멋진 위닝 샷에 "나이스 플레이~"
본의 아니게 실수한 파트너를 위로하며
"no problem!!!"
그리고 파트너와의 하이파이브면 족하며 이것마저도 상대나 관중들을 생각하여 최소로 표현하는, 멋진 아마추어의 모습을 갖췄으면 좋겠다.

내가 테니스를 배울 때(1990년 3월 경)는 공치는 법만 배웠다. 그때는 기술 익히기에 급급했고, 초보 시절에는 상수들의 게임을 조용히 지켜보면서 포인트 때마다 부르는 스코어도 눈치껏 알았으니 룰과 예절은 그다지 중요시 여기지도 않았고 선후배끼리 오가다가 마주치면 깍듯하게 인

233

사만 잘하면 되는 줄 알았던 것 같았다.

전국적으로 테니스 붐이 일어나면서 입문자가 차츰 늘어나는 요즘 테
린이를 가르치는 지도자들이 기술 습득 외 룰이나 예의범절도 가르치는
지 어떤지는 모르겠다. 하지만 내가 사랑하는 테니스가 본래의 모습에서
조금씩 변해가는 것에 대한 안타까움이 봄날의 아지랑이처럼 일어난다.

내가 느끼는 테니스 4단계

1단계, 손으로 치는 단계

테니스 입문 후 라켓을 처음 잡고서 레슨을 시작하는 단계다. 잘하고자 하는 의욕이 앞서고 코치 선생님이 던져주는 볼을 제자리에서 받아치는, 각 샷의 동작을 기계적으로 반복 숙달하는 과정이다.

코트의 게임을 지켜보면서 게임에 대한 막연한 동경이 크지만 아직 테니스에 대한 개념(복장, 규칙, 예절 등)이 정립되어 있지 않은 기간이다.

※ 특히 복식경기에서 게임 요령을 갖추지 못하여 게임 시 혼란을 일으키는 시기이며 실력 위주의 테니스계의 정서나 습성을 이해하지 못해 스스로 자괴감에 빠지기도 한다.

2단계, 발로 치는 단계

기초 동작의 반복과 한 단계 올라간 레슨을 받으면서 각 샷에 대한 응용 동작을 익히고 코치 선생님의 주선으로 복식 게임을 시작한다.

승패를 가리는 게임을 하면서 즐거움보다는 긴장 속에서 여러 가지 애로사항(그중 파트너십이 가장 문제가 된다.)이 생김에 따라 이 운동에 대해서 계속할 것이냐, 아니면 여기에서 그만둘 것이냐에 대한 고민과 실력 향상의 동기부여를 받게 된다.

테니스를 점점 알아갈수록 어렵게 느껴지지만 열정과 끊임없는 노력으로 테크닉 면에서도 자기만의 타구법과 스타일을 정착시키고 다양하게 변화하는 볼에 대해서도 '리듬, 템포, 타이밍'을 통해 연결을 시키면서 테니스의 묘미를 더욱 알게 된다.

자의 반 타의 반 외부 모임(관내대회, 카페모임, 전국대회 등)을 통한 다양한 볼을 접할 기회도 갖게 된다. 어쩌면 이때가 시간적으로나 코트 내외적으로도 가장 왕성한 활동을 하는 시기이다.

3단계, 눈으로 치는 단계

전국 동호인대회 입상자나 우승자인 상급 수준의 실력자들이 서 있는 자리이며 이 수준에 이르면 파트너를 이끌면서 게임에 임하고 경기 중 흐름을 파악하여 스코어 관리와 전술을 펼친다.

상대의 빠르고 묵직한 스트로크와 네트 앞 발리 응수, 상대의 리턴 볼을 예측하는 등 손과 발이 따라갈 수 없는 빠른 볼에 대한 순간 대처와 민첩성, 순발력 있는 동작들은 근육이 기억할 정도로 많은 훈련과 경험으로 인해 몸에 자연스럽게 배어 있다.

시각적으로도 상대 제압이 가능한(?) 복장과 피부색에서 보이는 것처럼 오랜 연륜의 포스를 갖추게 되나 기존 실력을 유지하기 위해 1년에 한

두 번씩은 레슨도 받으며 관리가 필요한 시기이다.

4단계, 마음으로 치는 단계

이 단계는 마음이 나의 기량을 지배하는 단계로서 1, 2, 3단계에 이르는 모든 사람들 공히 이 작용으로 인해 타구 시 영향을 받는다.

실력 고하를 불문하고 위기 시 멘털을 극복하지 못하면 기량의 절반도 발휘가 안 되고, 이런 현상이 반복되어 나타날 시에는 슬럼프로 가기 쉽다.

가깝게는 현역에서 은퇴한 코치 선생님이나 국내외 프로선수들도 이 단계를 극복하지 못하면 때로는 매치포인트를 잡아 놓고도 상대에게 자칫 역전을 허용할 수가 있으므로 4단계는 늘 내 안에 품고 있는 무형의 적을 어떻게 잘 다스리느냐가 관건이다.

테니스 입문 후 33년이 흐른 지금 이제야 3단계 진입을 앞에 두고 있다. 벌써 내 나이 64세. 마음은 초보 시절 열정 그대로이나, 몸이 예전처럼 따라주지 않는구나.

포핸드 미스터리 이제야 풀리다

나의 더딘 두뇌 회전과는 다르게 세상은 너무도 빨리 돌아간다. 인터넷이란 정보의 바다에서 sns를 통해 지구촌의 다양한 소식이 날마다 스마트폰으로 전해진다.

유튜브 창을 열면 창이 비좁다 하고 쏟아지는 정보 중에 단연 관심 분야는 테니스다.

어느 날 창에 뜨는 유튜브 광고 "안 맞는 포핸드 정타 '이것'만 알면 스위트스폿 계속 터진다"라는 광고 카피는 평소 내가 미스터리로만 생각했던 포핸드를 잘 치게 해 준다고 하니 당연히 눈길을 잡았고 클릭으로 이어졌다.

9분 20초 동안 자세한 설명의 결론은 볼을 끝까지 봐야 좋은 타구가 나온다는 가르침으로서 오픈 행사 후 바람 빠진 풍선처럼 점점 힘을 잃어가고 있는 나의 포핸드스트로크를 개선할 수 있는 방법이 생긴 것 같아서 눈과 귀를 확 열게 한다.

"타구하는 볼의 깊이(거리)와 궤도(높낮이), 방향성(각도)이 원하는 대로 뻗어나가는 일관성 있는 스위트스폿을 만들기 위해서는 목표로 너무 일찍 돌아서지 마라."

포핸드가 잘 안 된다면 테이크백이나 팔로스루 방법에서 대안을 찾을 수도 있지만 컨텍 포인트를 상실하면 일관성 있는 스윙은 불가하다.

볼과 컨택을 잘하기 위해서는 상대나 목표를 먼저 보면 안 되며 볼을 목표로 보내기 위함보다는 볼을 향해 스윙을 해야 한다는 말이다.

볼의 진행 방향은 라켓의 헤드 각도가 결정하므로 바디와 고개는 볼을 향해 제대로 스윙을 해야 하고 성급해진 마음에 헤드업을 하는 것은 좋지 않다.

볼을 향해 치는 것은 백핸드나 발리, 서브에서도 똑같이 적용되며 정확한 컨택 포인트를 찾는 것이 이상적인 샷을 만드는 방법이다.

야구에서 좋은 타자는 펜스를 보지 않고 볼을 끝까지 본다고 한다. 결국 단타가 홈런까지 이어진다는 말이고 테니스도 좋은 샷이 이어지면 결국은 위닝 샷이 되는 것이다.

정리를 해보면 다음과 같다.
시선이 다른 곳을 향하지 않기,
볼이 오는 방향으로 움직여서 체중이동,
볼을 향해 스윙이다.

볼을 끝까지 봐야 풀리는 문제이다.

연구하는 테니스 1
디테일과 인사이트의 정의

우리들은 일상 중에 노하우(know-how)란 말을 참 많이 듣기도 하고 사용을 하기도 한다.

노하우는 남이 알지 못하는 자기만의 독특하고 효과적인 방법이나 비법이 있음을 말한다. 어떤 분야에 노하우가 있다고 하면 그 사람이 그 분야의 전문가처럼 여겨진다.

단어를 떼어 놓고 단순하게 해석하면 노우(know)는 아는 것과 인식하다의 뜻이고, 하우(how)는 어떻게, 얼마나 해야 하는지 구체적인 방법을 의미한다.

다르게 표현한다면 노우는 '인사이트(Insight)'라는 말로 대신할 수가 있다. 문제의 본질에 대한 직관력이나 전체 모습에 대한 통찰력이라고 할 수 있고, 하우는 '디테일(Detail)'로 어떤 문제든 제대로 해결이 되게끔 원리를 이해하려는 섬세하고도 세분화된 관찰력과 실행력을 말함이다.

디테일에 대해 좀 더 자세히 말한다면 디테일은 토털 개념이나 느낌이 아니다. 처해진 상황에서의 구체적인 사실을 바탕으로 근본적인 문제의

241

원인을 찾아내고 그에 따른 해결 방법을 통해 효과적으로 조치하고 지속적으로 관리가 되는 것이 디테일 실행의 본질이다.

냉장고로 비유하자면 음식물의 신선도를 유지하는 냉장고를 통째로 봤을 때가 인사이트고 안에서 냉동실과 냉장실로 분리되고 냉장실 안에 식품의 종류에 따라 용도가 다르게 보관되는 칸칸의 기능은 디테일이다.

테니스의 노하우(know-how)
보통 사람들이 생각하는 테니스는 보이는 것, 즉 노우(know)가 전부라고 쉽게 생각할 수도 있다. 그 때문에 겉모습만 보고서 라켓을 잡지만 나중에 테니스를 알아갈수록 힘들고 어렵다는 사실을 깨닫고 진정한 매력을 느끼기도 전, 초중반에 포기하는 분들도 꽤 많다.

이 글을 쓰는 이유 중의 하나는 테니스에 입문하는 모든 분들이 저처럼 노우(know)로 인해 라켓을 잡았지만 하우(how)를 통해 원리나 이치를 깨닫길 바라기 때문이다. 그러면 테니스가 어려워도 알아갈수록 매력이 끝이 없음을 알게 될 것이다. 독학이든 레슨이든 각 샷을 완성하는 데 필요한 디테일을 차곡차곡 쌓아 각자의 노하우(know-how)를 갖추기를 바란다.

그리고 글을 쓰면서 남을 가르칠 만한 실력을 갖춘 것도 아닌 사람이 무한대의 노력이 요구되는 테니스 실력 향상에 대해 언급을 하는 것이 무척 외람된 일이긴 하다.

테니스 지식과 상식, 또 세부적인 실행능력(Detail)이 턱없이 부족하다. 그래도 오랜 기간 동안 운동을 하면서 조언으로 듣거나 직접 체험하여 아는 분야(know-how)라도 일부 사람에게는 기량 향상에 작은 도움이 되길 바라는 심정으로 글을 적어본다.

연구하는 테니스 2

30년이 넘도록 이 운동을 하면서 느낀 테니스의 참 매력이란 코트 밖에서 바라봤을 때 멋져 보이는 외부의 시선보다는 본인 스스로가 좋은 샷이 만들어지는 원리를 깨닫는 디테일한 방법이다. 그리고 이러한 것들이 실전에서 원하는 대로 이루어질 때 느껴지는 희열과 성취감이라고 생각한다.

또 이러한 과정이 반복됨으로써 기량이 조금씩 향상된다. 초보 시절을 넘어 다음 단계나 그 이상의 목표를 향한 동기부여가 된다. 진정으로 이 운동을 좋아하고 그 이상의 수준을 갖추려면 단순한 노우(know) 수준을 넘어서 하우(how)를 통해 더욱 탄탄한 역량을 갖추기 위해 시간과 금전, 열정, 꾸준한 노력 등 많은 투자를 해야 한다.

그럼 디테일에 대해서 좀 더 자세히 알아보기로 하자. 방법을 구체적으로 실행하는 디테일은 샷을 제대로 이루어지게 하는 핵심 요소이다.

이론으로는 이런저런 구성 요소가 있겠지만 여기서 말하는 디테일은 그런 사전적, 이론적인 차원의 것이 아니라 코트에서 게임 중에 발생하는 구체적이고 실행이 가능한 요소를 말한다.

예를 들어 이론이나 상상으로는 볼이 라켓과 마주치기 전까지, 즉 볼을 맞을 준비로 자세를 취하고 테이크백과 임팩트 전까지는 내가 눈을 감고 이미지트레이닝을 한 대로 가능하다. 하지만 코트에서 연습이나 실전에서 임팩트 후 날아가는 볼의 상태는 이미지와 현실은 전혀 다름을 알게 된 후 '그 이유가 뭘까?' 하는 의문이 생긴다. 그것은 문제의 본질에 대해서 생각을 했다는 것이고, 디테일에 대해서는 잘 알지 못했다고 볼 수도 있다.

나도 초보 시절에 그랬지만 어느 초급자 역시 로저 페더러의 스윙을 그대로 따라하면서 그 볼이 똑같이 나올 거라고 생각을 했다고 하니 이는 인사이트만 알고 디테일을 전혀 모르는 경우라고 본다.

디테일의 실체를 파악하는 방법으로 이처럼 상상과 현실에서의 차이점 발견이나 상급자의 원 포인트 레슨을 통한 조언, 경험적인 사례를 통해 찾아내는 방법이 있다.

연습이나 게임 중에 무언가 부족해서 또는 무엇이 잘못되어서 스트로크가 실패한 경우에 그 무언가(다양한 원인)를 정확하게 진단할 수가 있다면 바로 그것을 디테일의 조건이나 실체로 간주할 수가 있다.

디테일하게 갖춘다는 것은 문제의 본질이 무엇인지를 진단했다는 것이다. 좋은 스트로크를 구사할 수 있는 방법을 터득했다는 것이라고도 할 수가 있다. 이처럼 방법을 알고 모르고의 차이는 어느 목적지까지 차를 운전해서 가는데 지리를 알고 가는 것과 모르고 갔을 때의 효율이나 결과라고 생각하면 된다.

물론 이런 디테일에 필요한 정보, 지식 등은 어느 한 사람의 멘토(지도자, 상급자)나 일반적인 레슨 자료로부터 얻어내어 보고 들은 내용을 조합하여 이미지를 그려보기도 한다. 빈 스윙으로 연습을 할 수는 있지만 실행 능력은 별도의 훈련을 통해 갖춰야 한다.

이미지트레이닝과 실행의 차이점은 코트에서 연습이나 레슨, 실전에서 체험을 통해 알게 되고 이런 비교가 본인의 역량과 실력의 현주소를 알게 하므로 현재 상태에서 궁핍을 느끼고 한계를 넘기 위해 더 노력을 해야 하는 이유도 생기게 되는 것이다.

연구하는 테니스 3

그럼 테니스의 전부를 망라할 수는 없지만 디테일의 내용은 무엇이며 인사이트와의 한계는 어떻게 구분될까?

제일 먼저 입문 시에는 기본적으로 갖춰야 할 테니스 용어나 룰(rule), 운동에 필요한 도구와 사용, 상식과 예절, 게임에 필요한 기술이 있다는 것이 인사이트다.

여기에 뒤따르는 각 부문에 디테일이 있지만 딱히 가르쳐준 사람은 없어도 본인 스스로가 이를 찾는 노력을 하고 또 잘 갖춰야 나중에 테니스 생활이 즐겁다.

다음으로 코트에 나서기 위해 복장부터 살펴본다면 복장은 기본적으로 예의를 잘 갖춰 차려입고 또 신어야 한다. 또 다음으로 구입할 장비 중에 어떤 라켓과 줄이 나에게 알맞은지부터 찾아야 한다.

아주 오래전이지만 내가 처음 코트에 갔을 때의 복장이 조깅화에 상하의 한 벌 후드티를 입고서 라켓만 달랑 들고 갔으니 지금 생각해 보니 무개념의 복장이었다.

첫 라켓 역시 테니스 숍 사장님의 권유로 산 프린스 제품이었다. 나중에 조금 무거웠던지 바꾸고픈 생각이 들어서 두 번째 라켓은 숍에 걸린 브로마이드에 테니스 여제 나브로틸로바의 손에 쥔 하얀 요넥스 라켓이 너무 마음에 들어 라켓의 제원은 생각지도 않고 사버렸다. 이 또한 개념 없는 행위였다.

이후에도 귀가 얇아서 기량 향상에 도움이 된다면 윌슨, 한일, 프로케넥스, 헤드, 다시 윌슨, 바볼랏, 테크노화이버, 윌슨, 또다시 윌슨 다시 프로케넥스 키네틱 등 2년을 주기로 하여 수도 없이 두 자루씩 구입했다. 하지만 결론은 라켓도 중요하지만 본인 실력이 더 큰 문제임을 알게 되었다.

라켓은 소재도 다르고 제원에 따라 무게와 헤드 사이즈의 크기, 또 라켓 중앙을 기준으로 헤드와 손잡이의 무게 중심에 따라 밸런스(HL/Even/HH)가 각각 다르다.

그러므로 자신의 경기 스타일을 신중히 검토해 보고 지도자나 구력이 오랜 사람과 상의해 최초로 내게 맞는 라켓을 찾는 것이 굉장히 중요하다.

처음에는 이러한 내용을 모르고 구입하더라도 라켓을 사용하다 보면 나중에 몇 번씩 교체하는 수도 있다. 그때 참고하면 되겠다.

신제품을 출시하는 회사에서 권유하는 라켓의 시타나 클럽에서 잘 맞는다고 객관적으로 검증된 라켓을 잠시 빌려서 치기도 하여 고르는 것도 생각 없이 사는 것보다는 나은 방법이라고 생각한다.

또한 초보 운전자가 면허증을 득한 후에 중고차를 구입하여 운전을 숙달시키듯이 테니스 라켓도 처음에는 저렴한 가격에 중고로 구입을 하여 자기에게 맞는 라켓을 찾는 것도 한 가지 방법이다.

냉장고로 비유했듯이 운동복이 다 테니스 복장이 아니고 라켓 또한 그냥 보이는 대로 테니스 라켓이 아니다. 성별, 연령대와 기술을 구사하는 데 있어서 발리나 컨트롤 위주로 한다거나 또는 포백핸드스트로크를 장점이나 특기로 하는 각자 스타일을 참고하여 내가 만들어 내는 파워를 최적화할 수 있는 라켓이 어떤 것인지 선택을 잘해야 한다.

이외에도 내가 운동하는 코트의 종류(클레이, 하드, 인조잔디)도 기본적으로 살펴야 한다. 스트링과 예민하게 상호작용을 하는 볼(ball)의 종류도 알아야 하는 것은 그만큼 코트의 특성에 따라 바운드 후 볼의 변화가 다르기 때문이다.

외부 시합에 나가는 분들은 어느 코트에 배정을 받더라도 각 특성들을 감안하여 시합에 임해야 한다. 볼 역시 시합구와 연습구가 다르고 시합구라도 각 브랜드마다 특성이 다른 볼에 얼른 익숙해지는 것도 매우 중요하다.

연구하는 테니스 4
좋은 타구를 만드는 방법

줄(string)은 천연 거트와 폴리에스터, 인조십 등의 소재가 있다. 동호인들이 주로 사용하는 폴리에스터를 생산하는 메이커와 줄의 종류도 너무 다양하고 타구감이나 비거리, 반발력, 컨트롤, 스핀, 내구성에 따라 가격도 각각 다르다.

그리고 파워와 컨트롤을 유지해 주는 텐션은 정말 중요한 요소로서 그 세기는 파운드를 단위로 하며 보통 파워스트로크 위주의 사람은 텐션을 높게, 발리나 컨트롤 위주의 사람은 낮게 하는 편이다.

줄의 선택과 알맞은 텐션은 어쩌면 좋은 메이커의 라켓보다 기량 발휘에 더 큰 영향을 미친다고 볼 수 있다.

보통 힘으로 타구를 하는 젊은 시절에는 헤드 사이즈가 작은 라켓으로 텐션을 높게 했다가도 점점 나이가 들수록 헤드 사이즈도 커지고 텐션을 낮춰 반발력을 이용한 컨트롤 위주 라켓으로 바꾸시는 분들도 있다.

이제 나에게 맞는 라켓도 구입하고 줄도 적절한 텐션으로 맸는데 볼을 치기 전에 라켓을 잡는 방법으로 그립 파지는 어떻게 할 것인가?

보통 사람들이 코트 안팎에서 볼을 치는 모습을 구경한다. 네트를 중심으로 볼이 사이를 오가는 겉 모습만 단순하게 생각하면 인사이트지만 디테일하게 분류를 하면 그립 파지에 따라 치는 스타일과 구질이 각각 다르기에 타구 시에 많은 변화를 일으키는 것이다.

파지 법은 이스턴, 웨스턴, 컨티넨탈 그립이 있고, 각자가 맞는 방법대로 라켓을 잡는다. 공통적인 사항으로 라켓을 꽉 잡지 않기 위해서는 어깨에 힘을 빼야 한다. 가볍게 쥔 라켓은 임팩트 시에 적당히 힘을 가해야 하고 이 사항은 어떤 그립이든 공히 적용된다.

이때 오른손잡이일 경우 왼손은 방향키나 견인의 역할을 한다. 라켓의 목을 가볍게 잡고서 백사이드 방향으로 오는 볼을 타구하려면 순간적으로 백핸드로 라켓의 헤드 면을 바꾸고 볼의 임팩트 타점을 잘 맞추기 위해 라켓을 조작한다.

그립 파지는 시대가 변하여 포핸드스트로크는 세미 웨스턴그립이 대세이며 이스턴이 다음이다. 백핸드스트로크는 초보 때부터 양손(오른손 컨티넨탈, 왼손 이스턴)으로 잡고 발리 샷을 원활하게 하기 위해서는 컨티넨탈 그립을 많이 권장하는 편이다.

특히 땀이 많이 나는 여름철에 오버그립의 교체는 미끄럼을 방지하고 기분을 산뜻하게 하여 컨디션 향상에 조금이라도 일조하므로 때가 되면 즉시 갈아줘야 한다.

다음은 한 게임을 하는 데 좋은 타구를 위해 필수적으로 취해야 하는 동작들이 있다. 테니스의 모든 동작들은 상대의 리턴에 따라서 알맞은 스탠스를 취한 후에 리듬, 템포, 타이밍과 움직이는 볼을 따라서 상하좌우로 기민하게 움직여야 한다.

모든 동작들은 조화롭게 이어주는 스텝 속에 놓여 있다. 물론 여기에서 4가지 동작들이 물 흐르듯이 연결되어 이어진다면 어떤 샷이든 최상의 임팩트 조건을 갖췄다고 보면 된다.

여기까지는 볼을 맞이해야 할 준비에 대한 연구를 하였다. 종합을 해 보면 어느 방향에서 볼을 맞이하더라도 타구하기 좋은 위치까지 움직여서 볼과 최적의 거리를 유지하기 위한 동작이라고 본다.

이어지는 다음 동작으로 좋은 타구를 결정짓는 타이밍을 맞추기 위해서는 볼과의 컨택(contact) 포인트를 찾아야 한다. 이때는 구시대에 배웠던 클로스 스탠스 자세보다 오픈 스탠스나 세미 오픈 스탠스 자세가 훨씬 더 용이하다.

여기에서 또 좋은 타구를 만들기 위해 이러한 동작들이 있다는 이론적인 부분을 말했다. 여하튼 실행에서 완성도를 높이는 것은 역시 독학이나 레슨을 통해서 본인이 터득해야 한다.

연구하는 테니스 5

　이제는 머릿속에 한 게임 중에 점수가 나는 상황을 그려보기로 하자. "플레이 볼~!"이 되고, 선공이라면 토스하여 서브를 하고 제 자리에 있든지 네트로 향하든지 반대편의 리시버는 포, 백핸드스트로크로 리턴을 하고 마찬가지로 제 자리에 머물든지 네트로 향하든지 각기 스타일과 게임의 전개 상황에 따라 다르다.

　제 자리에 그냥 있었다면 상대의 리턴 볼에 대비하여 다음 동작을 취할 준비를 하고 네트로 향했다면 스플릿 스텝 상태로 역시 상대를 향해 발리 자세를 취한 다음 상대의 리턴 샷에 응할 준비 자세를 갖춰야 한다.

　리턴하는 상대는 네트로 들어오는 공격자에게 스텝의 타이밍을 뺏는 체인지업이나 강한 스트로크 또는 전위 옆으로 패싱이나 머리 위로 로브 샷을 띄우기도 하고 리턴 후 전진하여 발리로 응수를 하면서 서로 간에 공방전을 펼치면서 득점하거나 또 에러(포스드 or 언포스드)로 실점하기도 한다.

　위의 상황은 공격과 수비의 공방전에서 한 포인트의 득과 실의 과정을 간략하게 그려봤다. 포인트가 결정되기 전까지의 동작들을 보면 준비 자

253

세에서 시작하여 토스, 서브, 포, 백핸드스트로크, 스플릿 스텝, 발리, 로브, 스매시 등 몇 가지 안 되는 기술들이다.

물론 포인트는 서브 에이스나 리턴 에러 등 짧은 순간에 나올 수도 있고 긴 스트로크 랠리 공방전 끝에 나오기도 하며 이 과정에서 앵글숏이나 드롭샷 등 고난도의 기술이 실력에 따라 구사되기도 한다.

그러면 여기에서 몇 가지 안 되는 기술 중에 내 의지대로 할 수 있는 동작, 토스의 예를 들어 인사이트와 디테일을 구분해 보자.

토스는 "서브를 넣기 위해 볼을 머리 위로 올리는 동작이다."는 개괄적인 인사이트이고, 좀 더 좋은 서브를 넣기 위해 구체적인 방법으로 "토스할 때 볼이 회전이 되면 안 되고 또 올리는 높이와 위치 등이 서브의 종류에 따라 조금씩 다름이 있다."라고 하는 것은 디테일이라는 말이다.

토스 후 이어지는 서브 등 테니스의 모든 기술에 좀 더 세부적으로 완성도를 높이는 방법으로는 다시 강조하지만 독학 또는 상급자와 함께 연습을 한다거나 유능한 지도자를 만나서 시간과 금전을 투자하여 식지 않은 열정으로 노력에 노력을 다하는 길밖에 없음이다.

"노력은 결코 배반을 하지 않는다."

요즘 신종 코로나 바이러스로 나라 안팎으로 몹시 시끄러운 탓에 잠복기란 소리도 많이 듣는데 테니스의 실력이 나타나는 데도 잠복기가 있다.

테니스 실력은 오늘 레슨을 받았다고 하여 내일이나 며칠 새 나타나는 것이 아니다. 그러므로 조급해하지 않았으면 한다. 기량 향상의 효과는 레슨을 받은 날부터 시작하여 빠르면 반년, 보통 1년 정도 지나야 나타난다고 보면 된다.

그것도 꾸준히 운동을 하는 전제하에 그렇다는 얘기다. 레슨 기간을 잠복기로 보고 '노력은 배신을 하지 않는다'는 믿음은 꼭 가지시라고 말씀을 드리고 싶다.

연구하는 테니스 6
종합적인 상황에 대처하기

앞에서 말했듯이 테니스는 몇 가지가 안 되는 기술들을 사용하여 경기에 임하고 양측의 공방전 끝에 승패의 결과가 나타나는 운동이다.

그런데 말 그대로 몇 안 되는 동작들이 왜 이렇게 어려운 것일까? 그것은 기본동작의 기술 습득 시의 어려움뿐만 아니라 상대와 볼을 주고받을 때 여러 가지 상황 변화에 따른 문제가 생기고 그것이 마음대로 컨트롤이 되지 않기 때문에 그렇다.

먼저 구질을 살펴보건대 타구 시 볼이 라켓 면에 어떻게 맞느냐에 따라서 임팩트 후 플랫, 드라이브(톱스핀), 슬라이스 세 가지로 변화를 일으킨다.

이 세 가지 타법으로 사람마다 주 무기로 사용하는 유형이 정해진다. 그리고 이것이 저마다의 스타일로 인식되는 기준이 되기도 한다.(중급 이상의 실력을 갖추려면 상황에 맞춰 세 가지 타법을 사용할 줄 알아야 함)

위에 언급된 내용이 내가 치고 상대에게도 받는 구질의 형태이므로 나의 구질과 상대의 구질을 파악하는 것이 매우 중요하다.

다음은 예측하여 대비해야 하는 것들 중에 나를 향해 오는 볼은 속도와 방향, 바운드 후 높낮이, 거리가 각각 다름으로 이를 측정하여 리듬을 타고 템포와 스텝에 맞춰 이동하여 볼을 맞이해야 하는 준비 자세가 돼 있어야 한다.(테니스가 발로 치는 운동이라는 말도 여기에서 나온다.)

정리를 하자면 각각 구질이 다른 볼이 예측 가능 및 예측 불허의 방향으로 날아올 때에 대한 대비를 말함이다.

이 내용은 그전에도 지문이 닳도록 자판을 치면서 글로 눈에 박히도록 수십 번의 강조를 해왔음이니 그만큼 중요하다는 말이 되겠고 볼이 라켓의 스위트스폿(sweet spot) 존에 맞는 정확한 타구를 위해 숙지해야 할 핵심 중의 핵심으로서 이는 꼭 실행해야 할 디테일한 내용이라고 할 수 있다.

다음으로 기술 외적인 분야로 좋은 타구를 만들기 위해서나 또는 안정적인 게임 진행을 위해 지도자나 상급자 또는 응원을 나온 분들이 코트 밖이나 가까이서 앤드 체인지를 할 때 언급을 하는 부분이다.

"집중해", "어깨에 힘을 빼고", "릴랙스", "여유를 갖고", "잔발잔발", "기민하게 예측하여 움직이고 정확한 타이밍에 공을 맞춰서 반격", "균형 잡힌 안정된 자세로 공격", "실수가 없도록 항상 기본기를 중시" 등은 대체 무엇을 어떻게 하라는 것인지?

구체적인 해법 제시 없이 앵무새 타령으로 외쳐대는 구호와 주문들은 추상적인 개념의 인사이트다. 그럼 여기에서 중요하게 생각되는 부분 '집중'을 가지고 좀 더 디테일하게 설명을 해본다.

집중력이란 '주의(注意)의 집중'이라고 보고 무엇에 집중을 해야 하는지를 알아야 한다. 집중된 상태에서는 수많은 정보 중에서 필요한 정보만을 취해서 정확하게 판단하고 행동할 수 있게 된다. 가령, 실패하더라도 그 원인을 알 수 있으므로 수정할 수 있다.

흙신 나달은 집중에 대해서 "아주 예외적인 상황이 발생하지 않는 한 결코 게임 플랜을 바꾸지 않고 자신이 해야 할 일을 끝까지 하도록 훈련을 해야 하며 게임 플랜을 바꾸고 싶은 유혹 앞에서도 참는 것(조급함이나 좌절감을 컨트롤하는 것)을 의미한다."라고 말했다.

연구하는 테니스 7

시합에서 포인트마다 "집중! 집중!"이라고 소리를 지르는 동호인을 자주 본다. 대부분의 사람이 그저 소리를 내고만 있지 그다지 효과가 있는 것 같지가 않다.

그 이유는 집중이 막연한 외침일 뿐이고 정말 중요한 것은 '무엇에', '어떤 식으로' 집중하는지 그 의미를 구체화시켜야 한다.

예를 들어 볼을 '크로스로 깊이 치는 것', '리턴 시 스윙을 끝까지 하는 것', '자세를 낮추는 것'의 집중이나 '느린 볼은 더 차분하게 볼에 다가가는 것', '코스'(바깥쪽, 센터) 등 한 부분을 특화시켜서 집중하는 것, 힘을 빼는 방법의 하나로 '타구 시 호흡을 뱉는 것'에 염두를 두는 것 등이 '집중'의 디테일이다.

'릴랙스' 또한 그런 상태를 만들기 위해서는 심호흡으로 긴장을 고른다거나 게임 중에 틈틈이 스트레칭으로 근육의 이완시키는 구체적인 행위가 필요하다.

그 외에도 주위에서 시합 중에 도움을 주려고 외치는 격려나 요구사항에 대해서도 분위기를 전환시키는 수단으로 삼고 나의 전력에 조금이라도 도움이 된다면 구체화하는 방법도 생각해야 한다. 자기 주문에 의해 그렇게 되도록 하는 노력은 반드시 필요하다.

다음은 동호인 복식경기에서 각자의 실력 발휘를 극대화시킬 수 있는 좋은 파트너십 유지, 실력이 비슷해도 주 무기가 다를 때의 포지션 선정이나 실력 차이에 따른 다른 역할의 범위, 그리고 서로 유기적으로 움직여야 하는 전술상의 문제나 게임을 운영하는 데 필요한 전략들이 있다.

특히 가장 중요한 파트너와의 관계는 의사소통이 원활해야 한다. 파트너가 잘못할 때 진심에서 나오는 격려, 자신의 미스 샷이나 힘든 고비에서 감정을 노출시키지 않는 포커페이스를 유지한다.

파트너와 합작으로 나온 좋은 결과에 대해 서로 아낌없는 파이팅과 서로에게 바라는 것이 무엇인지 편안한 마음으로 터놓고 게임을 풀어나가도록 해야 한다.

이렇게 기술 습득(기초, 중급, 상급)과 볼을 잘 치는 방법, 추상적인 개념을 풀어나가는 방법, 파트너십, 전략 전술 말고도 정말 중요한 부분으로 시합 중에 심리적으로 어려운 상태에 빠트리는 파트너 게임 상황을 극복해야 하는 '멘털 클리닉'이 있다.

멘털은 모든 운동에서 기량을 지배하는 정말 중요한 요소로서 오히려 초보자보다 하우(how) 단계에 들어선 중급부터 시작하여 상급자, 대표 선수들이나 세계적인 프로선수들도 시합 중에 여러 가지 변수에 따른 영향을 받다 보니 모두가 이 지배에서 자유롭지가 않다.

심리적으로 부담이 생기는 경우는 대외적으로는 동네 클럽의 내기 게임에서부터 대회의 성격과 규모, 달라진 환경에서 게임에 임할 때다.

내적으로는 승패의 결과를 두고서 고비에서 경기 흐름을 생각할 때, 복식경기에서 포인트를 내줄 때마다 자주 멘트하거나 표정이 변하는 파트너나 관중들의 응원을 의식할 때다.

그 외 나타나는 현상으로는 게임 중에 스코어나 인-아웃 라인 시비 등 상대와 은근한 신경전으로 마음이 좋지 않은 상태로 여운을 남기면서 감정에 변화가 생긴다거나 상대와 랠리 중에 강한 공격을 했음에도 끈질기게 방어하는 여유로운 상대에게 성급하게 결정을 내고자 하는 심리적인 압박감의 작용 등등이다.

멘털을 극복하지 못한 멘붕 상태의 증상은 정신적으로 긴장이 유발되어 호흡이 빨라짐과 동시에 몸은 경직된 상태에서 어깨에 힘이 들어가게 된다.

연구하는 테니스 8

나의 서브나 스트로크가
'네트를 넘기지 못하면 어쩌지?'
'라인 밖으로 벗어나면 어쩌지?'

이와 같이 심리적으로 위축되어 중요한 고비에서 더블폴트가 나오거나 임팩트 전후 제 스윙이 안 돼 팔로스루가 반도 못 미치게 되는 현상이 반복되면서 처한 상황마다 멘털을 극복하지 못하면 연습과 실전이 달라진 환경에서는 평소 기량의 절반도 발휘하지 못하는 결과를 초래하게 된다.

이렇게 기술 습득 외적인 부분으로 담력을 키워 멘털을 극복해야 하는 것 말고도 기량을 지속적으로 유지하기 위해서는 효율적인 게임운영과 체력의 뒷받침이 따른다. 이는 클럽이나 대외적인 시합에서 많은 경기를 소화하기 위해서는 꼭 필요한 요소들이다.

첫째로 효율적인 게임 운영의 한 예를 들자면 게임 중에 확연하게 아웃이 되는 볼임에도 라켓이 나가는 경우를 종종 보게 된다.

이런 행위는 상대를 도와주는 꼴이 되어 득점 포인트를 놓칠 뿐만 아니라 파트너십에도 문제가 된다. 또 불필요한 정신적 체력적인 소모를 하게 되므로 움직이는 볼의 속도나 각도, 궤적에 따른 인-아웃트를 선별하는 능력도 중요한 전력에 속한다.

둘째로 우리의 체력은 영원하지가 않다. 어느 날부턴가 파워가 예전 같지 않음을 스스로 알게 된다. 이런 현상은 세월이 흘러갈수록 체력이 저하되는 나이와 상관이 있기에 쓰던 라켓도 바꾸게 되고 스트링의 텐션도 달라지고 하는 것이다.

테니스가 정지 동작이 많고 생각보다는 과격한 운동이라서 운동하는 내내 크고 작은 부상이 찾아온다. 잘못된 동작으로 인하거나 근력이 떨어지면 팔꿈치 엘보나 어깨, 무릎 발목의 통증 부상에 시달리게 되고 이는 곧 실력 발휘를 할 수 없는 전력 손실로 이어진다.

부상 방지를 위해서라도 근력을 강화시키는 웨이트트레이닝이나 폐활량을 증대시키는 심폐기능 강화 운동 등 체력관리 또한 레슨에 버금가는 아주 중요한 훈련들이다.

여기까지 내가 아는 수준과 정도의 디테일에 대해 언급하였다. 나는 프로선수 출신도 아니고 직업으로 후진을 양성하는 지도자가 아니므로 실력의 한계로 말미암아 나의 노하우(know-how)는 이것이 전부임을 말한다.

그러므로 내가 언급한 디테일의 수준으로 도움을 줄 수 있는 범위는 당연히 나보다 하급자에게 해당된다. 나보다 하급자가 이 글을 읽는다면 본인이 모르는 내용에 대해 상세한 가르침을 받았다고 생각할 수가 있으나 나보다 상급자이거나 언급한 내용들을 이미 알고 있는 사람이면 내가 설명한 부분은 디테일이 아니라 인사이트한 내용이 된다.

그 상급자 또한 세부적인 설명을 하더라도 그보다 더 위 실력자가 봤을 때는 이 역시 디테일 수준이 아닐 것이다. 그만큼 테니스에서 완벽한 샷을 갖추기까지는 위로 층층이 더 디테일한 사항들이 놓여 있다는 말이 된다.

이 두 가지를 아주 간단하게 구별하는 방법은 테니스의 기술이나 상식, 정보 등을 내가 대충 알거나(see) 정확히 모르면 인사이트고, 모든 내용들을 소상하게 알고 상대에게 가르칠 정도가 되면 디테일하게 아는 수준이라는 것이다.

연구하는 테니스 9

    테니스 수준별로 층을 따져본다면 동호인 테니스는 초보 수준을 벗어나면 중급으로 들어선다. 이때까지가 클럽 활동을 하는 데 있어 어려움을 겪는 시기나 단계다. 그 위로 동호인은 실력에 따라 소위 은배, 금배, 전국대회 우승자, 코치로 통하는 지도자가 일반인이 쉽게 접하는 층이다.

    엘리트 테니스는 어려서부터 체계적인 교육과 강도 높은 훈련으로 실력을 갈고닦아서 동호인과 실력 차가 현격하게 구분되는 일반 선수, 국가대표 등 선수층과 세계대회에 출전하여 랭킹 대열에서 순위경쟁을 하는 프로 선수급이 있다.

    특히 ATP 투어 대회나 그랜드 슬램으로 이어지는 메이저 대회에서 감탄을 자아내게 하는 환상적인 샷을 구사하여 수많은 관중의 갈채를 받는 선수들과 최상위급으로 현재 세계 테니스계의 빅 3이라고 부르는 페더러, 나달, 조코비치다.

    이들의 실력은 디테일의 완성(完成)을 보는 듯 상상을 초월하는 각고의 노력과 훈련으로 테니스 기술 디테일의 끝판인 신(神)의 경지에 이르는 사람들이다.

우리나라 테니스 동호인들은 선수 하려고 운동하지는 않지만 자기 기량에 궁핍을 느끼고서 본인보다 몇 수 위 상급자나 이상적인 프로선수를 닮고 그 선수처럼 되고픈 욕망이 늘 자리한다. 이때 부족분의 원인이 무엇인가를 느꼈다면 그것이 디테일의 시작이라고 보고 신선한 자극과 함께 소망을 이루기 위해 내가 더 노력해야 할 이유를 찾았다고 생각해야 할 것이다.

저자는 1990년 3월의 어느 봄날에 테니스에 입문하였다. 용광로 같은 열정으로 집중했던 5년의 시간이 지금 실력의 80% 이상을 차지하고 있고 아직 그 상태로만 머물러 있다.

입문 후 흘러갔던 세월을 되돌아보면 테니스에 대한 열정은 식지 않았으나 실력 향상에 대한 노력은 머리에서만 일 뿐이었지 팔짱만 낀 채로 흘려보냈다고 해도 과언이 아니다.

내 나이 50대 중반쯤에 나와 엇비슷한 실력을 가진 40대 중반의 동호인이 4~5년 후 눈에 띄게 달라진 모습을 보고서 누군가에게 물어봤더니 얼마 전에 전국대회에 나가 우승을 했다고 한다.

그 사람이 우승을 하기까지 그간의 노력과 기량을 연마했던 과정이 눈에 그려지면서 이솝우화에 나오는 '토끼와 거북이'의 다른 해석도 가능하다는 생각을 해봤다. 나는 아직도 걷는 느림보 거북이였고 그 사람은 중간에도 쉬지도 자지도 않고 열심히 뛰는 토끼였을 거라고.

정저지와(井底之蛙)라고 동네 클럽에서만 활동하던 시기에는 회원들이 나에게 고수라고 말들을 하여 정말 고수인 줄 알았다. 어느 날 외부에서 사람들이 클럽에 방문하여 그분들과 한 게임을 하면서 나의 테니스 현주소를 알게 되었다.

나중에 인터넷이 활성화되면서 Daum 카페의 테니스 모임인 '테니스 마니아의 세상'과 '테니스 산책'의 회원으로 활동하였다. 거기에서 느낀 점은 개구리가 우물 밖으로 나와 세찬 비에 불어난 강물에 정신없이 쓸려가고 바다처럼 넓은 테니스 세상으로 나가 보니 내가 가진 테니스 실력이 참 보잘것없다는 것을 새삼 깨닫게 되었다는 것이다.

연구하는 테니스를 마치며

기억을 지금으로부터 30년 전으로 되돌려본다. 아주 오래전에 고향에서 생활할 때 우연히 테니스장에 들러 게임을 구경하던 중에 선수 출신의 선배님이 구사한 백핸드슬라이스 샷을 보고 그 모습에 반해서 라켓을 잡긴 했지만 테니스가 이리도 어려울 줄은 몰랐다.

나이 서른, 나름 젊은 나이라서 보고 따라 하면 나도 저렇게 될 줄 알고 샘프라스의 환상적인 발리 역시 눈으로 익히면 그리될 줄 알았는데 참으로 가소로운 생각이었다.

그래도 수많은 시간이 흘러가는 동안에도 테니스에 대한 열정은 그대로이고 기량 향상에 대한 열망과 작은 노력은 꾸준히 이어지므로 그나마 초보 시절부터 실력이 조금씩 늘어 현재의 수준을 유지하고 있다고 생각한다.

가끔씩 관내대회 시합에 나가노라면 나와 동년배거나 연상의 분들을 많이 보게 되는데 어떤 분은 60대 중후반임에도 불구하고 나보다 더 훨씬 파워풀한 샷을 구사하는 모습을 보며 어느새 그분들과 내가 비교되면서 '난 아직도 멀었구나.'라는 생각이 든다.

나는 디테일이 늘 부족하다. 지금까지 테니스가 어렵다는 것과 그리고 테니스의 노하우(know-how), 단순하게 보이는 겉모습과 좋은 볼을 만들기 위한 좀 더 디테일한 내용에 대해서 장황하게 말했다.

30년 동안 한 가지 운동에만 전념한 것에 비해 내가 갖춘 실력은 동호인 은배 중간 정도 수준으로 아직까지도 모든 면에서 태부족이다. 그리고 겸손의 표현으로 '감히'라는 단어를 꺼내 보기도 하면서 변변찮은 실력으로 누구를 가르치는 것이 주제넘은 짓이라는 것도 안다.

왜냐면 요즘은 sns를 통해 이 세상의 모든 정보가 빠르게 전달되는 터라 테니스 또한 이 시대에 어울리지 않은 연구이자 가르침일 수도 있지만 "잘 치는 것과 잘 설명하는 것은 다르다."라고 했던 어느 분의 말에 용기를 얻는다.

부족하나마 내가 애써 설명한 것들이 지난 30여 년 동안 테니스를 하면서 초보 시절부터 지금까지 한 발 한 발 걸어온 테니스 여정에서 보고 듣고 체험했던 이야기다.

중급 이상과 그 이상의 목표를 가지고 운동을 하시는 분들은 익히 아는 내용일 수가 있겠지만 하급자가 테니스를 알아가는 데 조금이라도 도움이 된다면 나름 연구했던 보람으로 생각한다.

어쨌든 디테일이 부족한 부분을 채우려면 식지 않는 열정과 끊임없는 노력이 필요하고 그 노력이 단 1%라도 기량을 높이고 비로소 나만의 노하우(know-how)가 된다는 것을 알았다.

　테니스를 하면서 나 자신이 디테일이 늘 부족하다는 생각을 해왔기에 노하우(know-how)의 개념을 나름대로 구분하여 테니스에 입문하는 초보자들에게 좋은 조언이 되도록 여기까지 안내하는 것이 글을 쓰는 취지라 생각한다.

　내 나이 이미 환갑을 넘었지만 앞으로도 내가 라켓을 놓는 순간까지도 테니스 기량 향상에 대한 열망과 연구는 계속될 거고 새롭게 디테일한 부분이 생기고 알게 되면 글로서 또 옮겨볼 생각이다.

- 테니스에 입문한 지 만 30년이 되는 2020년 3월에-